UMIDORI TOUGETSU NO DETARAME NA JIJO
海鳥東月の
』
な事情
2

でたらめちゃん
Detaramechan

「…………いや、
そういう問題じゃなくてさ」
海鳥は言いながら、
正面にたなびくとがりのおさげの一束を、
つい無意識に摘まんでしまう。

喰堂猟子
Kudo Ryoko
敗
Yabu

守銭道化
Syusendouke
清涼院綺羅々
Seiryoin
Kirara

011 — プロローグ　土葬
015 — 1 衝撃の再会
084 — 2 第二の〈嘘殺し〉
123 — 3 とがりのキモチ
151 — 4 喰堂猟子のサラサラな日常
185 — 5 清涼院・パルス
213 — 6 喰堂とサラ子
268 — 7 決戦のリムジン
309 — 8 でたらめちゃん食べ尽くす

UMIDORI TOUGETSU NO DETARAME NA JIJOU

CONTENTS

海鳥東月の『でたらめ』な事情２

両生類かえる

MF文庫J

口絵・本文イラスト●甘城なつき

プロローグ　土葬

掘る、掘る、掘る、掘る。

その夜、海鳥東月は穴を掘っていた。

「はあ、はあ、はあ……」

乱れる呼吸。揺れる肩。額を伝う一筋の汗を、海鳥は首元に巻いたタオルで拭う。

時刻は午前4時。夜というよりもはや早朝の時間帯。とっぷりと闇色に染まった空の下に、彼女の他に人影は見当たらない。

「はあ、はあ、はあ、はあ……」

上は無地のTシャツ、下はハーフパンツという格好で、海鳥は一心不乱に、先端の尖ったスコップを足元の地面へと突き入れていく。ざくっ、ざくっ、と土の削られる音が辺りに響く。海鳥がスコップを振るうたび、彼女の傍らに、掘られた後の土が積み上げられていく。

――そして、そんな彼女の足元に空いているのは、そのひざ下くらいまでならすっぽり埋まってしまいそうなほどの、大きくて深い穴、だった。

「……ふう。流石に深さはこれくらいでいいかな」

またも額の汗を拭いながら、海鳥は呟き、手に持っていたスコップを地面に置く……そして代わりに足元から、なにやら中身のぎっしりと詰まった、小さめのビニール袋を抱え上げてくる。

「だ、誰にも見られてないよね……？」

そう不安そうに呟き、周囲の様子をきょろきょろと窺う海鳥。が、やがて意を決したように息を吸い込むと、そのままビニール袋を、逆さまにひっくり返していた。

——どさっ、という音とともに、袋に入っていた『中身』が、穴の中へ落下する。

『それ』は奇妙な物体だった。

まず、その体積は、ちょうど人間の頭部ほど。しかも、どうやら独立した物体というわけではなく、なにやら小型の物体が無数に寄り集まった、なんらかの集合体であるらしい。

「な、南無阿弥陀仏～！　南無阿弥陀仏～！」

そして、そんな謎の物体めがけて、海鳥はぶつぶつと念仏を唱えながら、傍らに積み上げていた土を、今度はスコップで振りかけ始める。

ざっ、ざっ、という音とともに、穴の中に、大量の土が降り注いでいく。穴の中の物体が、土に覆い隠されて見えなくなるまで繰り返し。完全に穴が塞がってしまうまで、その繰り返し。

やがて数分も同じ作業を続けた後、彼女は自らのやや太めの脚で、埋めたばかりの地面をどんどん、と踏みしめていた。果たして170㎝××kgの彼女がどれだけ体重をかけようと、地面の抜ける気配はない。どうやら、人間が普通に上を歩いても問題がないくらいには、穴は綺麗に塞がってくれたらしい。

「ふう。これでどうにか、一段落だね」

そう満足そうに息を吐き、再びスコップを手放す海鳥。「まあ、これで供養になるかは分からないけど、どうか安らかに眠ってね」更に彼女は言いながら、地面の前で膝を折ると、なにやら神妙な顔つきで手を合わせて、

「本当に、今日までありがとう……私たちはこれでお別れだけど、私はあなたのこと、絶対に忘れないからね……」

……そんな風にぶつぶつと独り言を呟く海鳥の姿を、たまたま近くを通りかかったランニング中らしい中年女性が、ぎょっとしたような顔で見つめてきている。

それもその筈、ここは何も辺境の山奥というわけではない。

むしろ住宅街のど真ん中。

というか、普通に海鳥の暮らしているマンションの、裏手側の空き地だった。

まだ日も昇っていないような時間帯から、そんな場所で女子高生が一人で手を合わせているのだから、人目を引かない筈もない。あるいは、もしも女性の通りかかるタイミングがもう少しだけ早かったなら――まさに海鳥が穴を掘っている姿を目撃されていたのなら――通報とまではいかなくとも、口頭で詰問くらいはされていたかもしれなかった。

とはいえ、仮にそうなっていたとしても、海鳥が埋めていた物体の正体については、やはり彼女には分からなかっただろう。無理もない。夜の暗闇があろうとなかろうと関係な

い。普通の人間が、普通に生きていて、あんな物体を——サラダ油で揚げられ無惨に破壊された、鉛筆の残骸を見る機会など、あろう筈（はず）もないのだから。

「さようなら……私のこれまでの人生のすべて……」

そして、そんな目撃者の視線に気づく様子もなく、海鳥（うみどり）は一心不乱に、地面に向かって祈りを捧（ささ）げ続けている。

異様な光景だったが……しかしこれこそが『前回の一件』に対する、彼女なりのケジメの付け方だった。

日付は五月の三日。

ゴールデンウィークのど真ん中、その未明の出来事であった。

1　衝撃の再会

「いらっしゃいませ～！　ご利用時間はお決まりですか～？」

快活な少女の声が、照明に照らされた、受付ブースの中に響く。

最寄り駅から徒歩5分ほどの、中規模のインターネット・カフェ。設備も席数もそれなりで、なおかつ繁華街の中心部という好立地もあって客の入りもいい、そこそこの人気店舗。更にはゴールデンウィークの真っただ中という事情も手伝って、現在の店内は、普段にもまして殺人的な混雑の様相を呈している。

カウンター前に列を作り、受付を待たされているらしい利用客の数は、おおよそ十数人にも上るだろうか？　その誰もが表情に苛立ちをにじませながら、自分の案内される番を、今か今かと待ち望んでいる様子だった。

「はい、お一人さまで、ご利用時間は2時間ですね！　ブースはどちらになさいますか～？」

が、そんな長蛇の列を前にしても、受付担当の女性店員は、顔色一つ変えることもない。

「パソコンを使われるご予定がないのでしたら、こちらのコミック席がお得ですよ！」「延長料金は30分ごとに自動で追加されますので、お気をつけくださいい！」「ドリンクバーはご自由にお使いくださいい！」「あ、スマートフォンの充電器ですか？　かしこまりました、すぐにご用意しますね！」

ニコニコ、と人の良さそうな笑顔を絶やさず、一人一人の利用客に対して、丁寧に対応していく女性店員。それほど手際がいいというわけでもないのだが、しかしその温かみに溢（あふ）れた接客に、客たちも毒気を抜かれたような表情になって、次々と店内へ通されていく。

「はあ〜、忙しかった〜」

ややあって、店内に出来ていた列を完全に捌（さば）き切ってから、その女性店員はホッとしたように息を漏らしていた。

年齢は16歳で、髪の色は黒。真（ま）っ直（す）ぐに下ろせばお尻の辺りまで届きそうな長髪を、今はポニーテールに束ねている。女性にしてはかなり背が高く、スタイルも良い。その制服の胸元の名札に記入されているのは、『海鳥（うみどり）』という、やや風変わりな苗字（みょうじ）。

「まあ、ちょっとくらい忙しい方が、働（はたら）き甲斐（がい）もあって楽しいんだけどね」

そう爽やかに呟（つぶや）いて、ハンカチで額の汗を拭う女性店員——海鳥東月（とうげつ）。そんな彼女の表情に浮かんでいるのは、何一つ邪念など窺（うかが）えない、心からの微笑（ほほえ）み、だった。

◇◇◇◇

「お疲れ様でーす」

言いながら、海鳥は更衣室の扉を開け、室内に入る。

そして、すぐに扉を閉め、制服のボタンに指をかけながら、自らのロッカーへと近づいていく。今日も今日とて八時間勤務をやり終えた彼女の表情には、流石に疲労の色が滲んでいる様子だった。一秒でも早く着替えを済ませて、一秒でも早く家に帰りたい、と顔に書いてあるようだ。

「あ、お疲れ様でーす」

と、そんな海鳥に対して、同じくロッカー前で着替えの最中だったらしい同僚女性が、けだるげに声をかけてくる。

――が、海鳥はそんな同僚の呼びかけに対しても、無言でぺこり、と会釈を返すだけだった。そのままロッカーの扉を開けて、ポニーテールを解き、制服のブラウス、スラックスを次々に脱ぎ捨てていく。

一方の同僚女性も、特に海鳥の対応に気を悪くした風もなく、やはり無言で着替えを再開させていた（彼女の方はこれから出勤らしい）。沈黙の更衣室内に、少女たちの衣擦れの音だけが微かに響く。二人の間からは、最低限の世間話をしようだとか、そういった雰囲気さえ一切感じ取れない。

とはいえ、別に海鳥とこの同僚女性が取り立てて不仲という話ではない。彼女たちは喋らないのではなく、喋れないのである。

『お喋り厳禁！　ここはネットカフェ！』

更衣室の壁に貼られているのは、そんな張り紙だった。それもロッカー横に貼り付けられているため、着替えをしていれば嫌でも目に入る。その端的な文言こそ、このネットカフェのアルバイト間における、唯一絶対のルールだった。

（本当、最高の職場だよね、ここって……）

そんな張り紙を眺めながら、海鳥は心中でしみじみと呟く——言うまでもなく、彼女がわざわざネットカフェをバイト先に選んだのは、これが理由である。利用客の迷惑にならぬよう、なるべく物音を立ててはいけない。更衣室においてでさえ、静かにしていなければいけない。他人との会話を出来るだけ避けたい海鳥にとっては、まさに理想的な環境だった。この職場でなら、誰とも喋らず黙々と作業をこなしていても、角が立つ心配はない。仮に喋りかけられたとしても、張り紙を引き合いに出せば、自然に会話を打ち切ることが出来る。

実際に海鳥は、このネットカフェで働き始めて一年ほど経つが、仲の良いバイト仲間など一人も作っていなかった。ほとんどの同僚とある程度に良好な関係は築けているものの、『友達』はいない——そんなもの、作るわけにはいかない。何故なら海鳥東月には、絶対に『友達』を作ってはいけないという、特別な『事情』があるのだから。

（後は仕事さえちゃんとこなせていれば、私みたいな影の薄い人間、誰も注目してこないだろうし……おかげでこんな風に『平穏に孤立』することが出来るんだから、この張り紙には感謝の気持ちしかないよ）

……などと、そんな眼前の張り紙を愛おしそうに見つめる、下着姿の海鳥に対して、傍らの同僚女性がちらちらと視線を向けてきているのだが、当の本人はそれに気づかない。

「……はあ〜。海鳥さん、いつ見てもすっごい……」海鳥の胸の谷間を凝視しつつ、心から畏怖したように同僚女性は呟くが、しかし小声すぎて、やはり当人の耳まで届いてはいない。とにかくとにかくとにかく、海鳥は何にも気づかないのだ。

「……ん？」

と、その瞬間だった。

――ぴこん。

不意に海鳥のロッカーから、電子音が響いてきた。

開け放たれたロッカーの棚上に、表向きに置かれている、海鳥のスマートフォンから発せられた音である。

「………………」

海鳥は着替えの手を止めて、正面のスマートフォンに目を落とす。

果たして、画面上に浮かんでいるのは、メッセージアプリの通知バナーだった。

『バイト、お疲れ様です！』

『今夜は天ぷらですよ！』

『なるべく早く帰って来てくださいね！』

「………………」

その、たった三行の文字列を見ただけで、海鳥の表情はたちまち緩んでしまう。それは先ほど利用客に向けていたものとは、また違う種類の微笑(ほほえ)みだった。

るのだった。

「……はいはい、すぐに帰りますよ～っと」

ややあって彼女は、そんな風にご機嫌な声音で独り言を呟きながら、着替えを再開させ

◇◇◇◇

その後、私服に着替え終えた海鳥は、裏口から店の外へと出ていた。

そのまま早足で、自宅のマンションに向けて歩き始める。職場から徒歩5分の駅の改札口を抜け、市電に揺られて、自宅の最寄り駅で下車。そこから自宅への一本道をひたすら歩いていく。職場からマンションまでの所要時間はおおよそ30分といったところ……ちなみに、なぜそんな中途半端に遠距離なバイト先を選んだのかと言えば、言うまでもなく、家の近所でうっかり同僚と鉢合わせするのを避けるためである。

「…………」

そしてきっちり30分後、マンションのエントランスへとたどり着いた彼女は、機械的な動作で暗証番号を打ち込み、ロックを解除していた。後は奥の通路を進んで、三階まで階段を上り、自室の304号室のインターホンを鳴らせば、帰宅は完了である。

どこにも寄り道せず、ひたすら無言・無表情で自宅への最短距離を突っ切るという、あまりにも味気のない退勤風景だが……しかしこれこそ海鳥にとっての日常、海鳥のルーティーン、海鳥の『いつも』だった。

「…………ん？」

が、しかし。

その夜の帰り道は、ほんの少しだけ、『いつも』と違っていた。

――ブブブブ、ブブブブブ。

と、そんな振動音が、彼女のスカートのポケット内から響いてくる。

「……え？」

驚いてポケットの中に手を入れる海鳥。ややあって取り出されたのは、彼女のスマートフォン。

「……着信？　誰から？」

もしかして『あの子』からだろうか？　と、海鳥は一瞬考える。さっきのメッセージだけでは飽き足らず、とにかく早く帰って来いと、催促の電話をかけてきたのか、と。

――が、そんな考えも、スマートフォンの画面に浮かんだ文字列を見た瞬間に、たちまち打ち消されてしまう。

「……非通知設定？」

視界に飛び込んできた、そんな5文字の単語に、いっそう眉を顰める海鳥。

だが、どれだけ怪訝そうに手元を見つめようと、液晶画面からその5文字以上の情報を読み取ることはできなかった。そして彼女の困惑をよそに、手中のスマートフォンは尚も振動を続けている。

「………」

やむなく海鳥(うみどり)は、画面上の通話ボタンをタップして、本体を耳に当てていた。「……もしもし?」

――しかし、通話口の向こうからは、何の言葉も返ってこない。

「…………? あの、もしもーし?」

海鳥は尚(なお)も同じ言葉を繰り返す。しかしどれだけ言葉をかけようと、通話口から返されるのは沈黙ばかりである。ひたすらの無音、ひたすらの静寂。相手の息遣いすらも聞こえてこない。

「……えーと」

海鳥は困り果てた様子で頬(ほお)を掻(か)いていた――つい勢いで通話ボタンをタップしてしまったものの、やはり悪戯(いたずら)電話の類だろうか? 「……あの、何のご用件もないなら、もう切りますけど?」

それでも一応、相手を気遣うような言葉を返しながら、海鳥は通話終了ボタンに指を持っていこうとする。

――が、正にその瞬間だった。

《…………あっ、あのっ!》

異様なまでの沈黙を保っていた通話口から、唐突に、『声』が響いてくる。

《こ、こちら海鳥東月さんのお電話で、間違いないでしょうか……？》

「………え？」

《こ、こちら、日本海の海に、鳥取県の鳥、東から昇る月と書いて、海鳥東月さんのお電話で、間違いないでしょうかぁ……？》

なにやらひっ迫したような、弱々しい、不安げな声音。

それも、海鳥と同い年くらいの、少女の声色である。

「……………？」

一転して、虚を突かれたように固まる海鳥。「……はあ？」思わず、そんな戸惑いの呟きが口から漏れ出てしまう。

《……っ！　そ、その声、やっぱり海鳥東月さんですよね！》

と、海鳥の呟きを受けた途端、通話口の向こうから、感激したような少女の息遣いが響いてきていた。《よ、良かった、ちゃんと繋がってくれて……！　もしも別の人の電話だったら、私、どうしようかと……！》

「………」

そんな少女の言葉に、しばらく無言になって、耳を澄ませる海鳥。

「………え？　あの、どちら様ですか？」

ややあって彼女は、心の底から困惑したような声音で、そう問いかけていた――すると

通話口の向こうの少女は、ハッとしたように息を呑んで、
《あっ、す、すみません！　私ったら、ちゃんと挨拶もせずに……》
と、なにやら慌てた口調で言葉を返してくる。《いきなり非通知からこんな電話がかかってきたら、びっくりしますよね……だけど安心してください、東月ちゃん。私ですよ、私》
「…………はい？」
言い放たれた言葉に、海鳥は思わず耳を疑う。
今、なんと言われた？
い、いい東月ちゃん？
《本当に、お久しぶりですね、東月ちゃん》
そして、そんな海鳥の当惑にも構わず、謎の少女は親しげに言葉を続けてくる。
《こんな風にあなたとお話できるなんて、夢みたいです……ところで東月ちゃんは、私が誰か、分かりますか？》
「…………」

◇◇◇◇

マンション内の通路のど真ん中で、海鳥東月はその歩みを停止させていた。

辺りは夜の闇に包まれ、横合いからは春の風が強く吹きつけてきている。彼女の佇む通路は野外に面しているため、その強風を遮るものは何一つない。しかし、どれだけロング

スカートが風にはためこうと、海鳥はスマートフォンを耳に当てたまま、ぴくりとも身体を動かさない。

（……えっ？　えっ？　誰っ？）

そんな現状の彼女の脳内を支配しているのは、大量のクエッションマークである――反射的に記憶を辿ろうとして、自然と言葉が詰まる。沈黙の時間が、10秒近くも続いてしまう。

「…………え？　あの、中学の同級生の人、とかですか？」

ややあって、自信なげな口調で、海鳥は言葉を発していた。

「た、確かに私は、海鳥東月で間違いないですけど……失礼ですけど、どちら様でしょう？」

《…………っ！》

対して、通話口の向こうから返されてきたのは、悲痛そうな吐息だった。

《……分からないんですか？　東月ちゃん、私のことが》

「…………ごめんなさい」

悲しそうな相手の声に、つい反射的に謝ってしまう海鳥。

しかし、やはり聞き覚えのない声音である。

どれだけ考えても、心当たりが浮かんでこない。

思い当たる節すらないのだ。

《……そうですか。分かりませんか》

と、そんな海鳥の微妙な反応を受けて、声音を震わせつつ、謎の少女は言葉を続けてくる。《……いえ、あまりお気にならさないでください、東月ちゃん。正直、もしかしたら、と覚悟はしていましたので》

「……え？」

《なにせ私、最後に東月ちゃんと会ったときから、随分と雰囲気も変わってしまいましたし……こんな風に急に電話をかけて、すぐに私のことを思い出せと言う方が、そもそも無茶な話なのかもしれません》

「……⁇」

だが、そんな気遣うような言葉をかけられても、海鳥はいっそう困惑するばかりだった。

（……いやいや、本当に誰なの、この子？）

鈴の鳴るような、柔らかい声音。

明らかに十代女子のそれと分かる、トーンの高さ。

なにより耳なじみがないのは、東月ちゃんなどという、およそ親戚以外にはされたことのない筈の呼び名である。

少なくとも当時の中学のクラスに、海鳥をそんな風に呼ぶ人間など、一人もいなかった筈なのだが……。

「……あの、本当にごめんなさい。私、ちょっとあなたのこと、どうしても思い出せないみたいで」

やがて海鳥は、いよいよ観念したという風に、正直に言葉を発していた。
「良ければ、名前を教えてもらえないかな？　そうすれば私も、流石（さすが）に思い出せると思うんだけど」
《…………。分かりました》
対して、若干の間を空けたのち、謎の少女は口を開いて、
《じゃあ、ヒントを出します》
「……え？」
《ちょっとしたゲームですよ、東月ちゃん。普通に答えてもつまらないでしょう？　これから私が私自身について、10個ほどヒントを出していくので、東月ちゃんは私の正体を推理してみてください。
10個ヒントを出し終わる前に、私のことを思い出せたら東月ちゃんの勝ち。思い出せなければ、私の勝ちです》
「…………はあ？」
唐突な提案に、海鳥は困惑したような声を漏らしていた。「な、なにそれ？　別に今そんなことしなくても、普通に名前を教えてくれたら——」
《ヒント①》
と、そんな海鳥の言葉を遮るように、謎の少女は告げてくる。
《……は、もうさっき言ってしまいましたね。私は最後に東月ちゃんと会ったときから、

随分と雰囲気が変わったというものです。

正直、自分で言うのもなんですが、それはもう劇的な変化だと思います。今の私は、かつての私とほとんどベツモノと言ってもいいでしょう。東月ちゃんがすぐに私と気づけないというのも、無理のない話なのかもしれません》

「…………」

海鳥は困り顔で頬を掻く。（……いや本当に、普通に名前を教えてくれるだけでいいんだけどな）

しかし、相手に一方的にゲームを始められたからには、付き合わないわけにもいかないのだろう。

そしてヒントを10個も出されて、尚も思い出せないままなら、気まずいなどというものではない。海鳥自身、ある程度は真剣に考える必要がありそうだった。（……『雰囲気が変わった』って、そこまで言うからには、つまりこの子は、今私が想像もしていないような誰かってことなのかな？）

《ヒント②。私たちは、中学の同級生ではありません》

謎の少女は続けてくる。

《これは、さっきの東月ちゃんの問いかけに対する答えですね……まあ中学時代に限らず、小学校や保育園まで含めて、私たちが同じ教育機関に通っていたことなんて、一度もないんですけど》

「……え？」

《言うまでもないことですが、高校の同級生でもありません。アルバイト先の同僚でもありません。同じ習い事を習っていたわけでもありません。

とにかく私たちは、そういう『同じコミュニティに属していた』タイプの知り合いではないのです》

「……はあ」

《ヒント③。しかし、誰が何と言おうと、私たちは知り合いです。

私は東月ちゃんのことを知っていますし、東月ちゃんは私のことを知っています。お互いに存在を認知し合っているのですから、この関係はもう、『知り合い』以外にあり得ないでしょう。

たとえ、こうして直接会話を交わすのは、これが初めてなのだとしても》

「………んん？」

平然と告げられた言葉に、海鳥の口から、戸惑いの声が漏れる。

「……ちょ、ちょっと待って。今なんて言ったの、あなた？　話すのは、これが初めて？」

《ヒント④》

海鳥の問いかけを無視して、少女は続けてくる。

《私と東月ちゃんは、一緒に生活をしていた時期があります》

「…………は？」

《一つ屋根の下で、二人きりで、毎日暮らしていた時期があります》

少女ははっきりとした口調で告げてくる。《つまり、私と東月ちゃんが知り合ったのは、そのタイミングというわけですね》

「…………??」

海鳥はぱちぱちとまぶたを瞬かせて、

「……本当になに言ってるの？　一緒に暮らしていた？　私と、あなたが？」

意味不明だった。

いきなり何を言い出すのだろう？

なにかの冗談か？

《ヒント⑤。ヒント④の証拠というわけではありませんが——私は東月ちゃんの、日々の過ごし方について、知り尽くしています》

「……？　私の、日々の過ごし方？」

《——東月ちゃんが何時に起きて、何時に寝るのか？　晩ごはんは何時ごろに食べるのか？　どれくらいの時間お風呂に入るのか？　バイトは週何日で、何時間ほど勤務するのか？　いつも髪の手入れをするのにかけている時間はどれくらいか？》

ぺらぺらぺら、と少女は捲し立ててくる。《ええ、もちろんすべて知っていますとも。なにせ私たちには、一緒に生活していた時期があったんですからね。むしろ知らない方が不自然というものです。違いますか？》

「…………っ⁉」

そんな捲し立てに、いよいよ困惑した様子で、息を呑む海鳥だった。「…………。ね、ねえ、待ってよ。あなた、本当に一体なんなの……？　誰なの……？」

訳はさっぱり分からないものの、それでも言い知れない恐怖のようなものを、海鳥は感じ始めている。

そもそもこの少女は、本当に自分の知り合いなのか？

もう電話を切るべきなのでは？

《――ヒント⑥》

……と、海鳥がそんなことを真剣に考慮し始めていた、まさにそのときだった。

《私、東月ちゃんと暮らす前までは、奈良芳乃ちゃんと暮らしていました》

「…………は？」

その一言に、海鳥はぽかん、と口を開けて固まる。

固まってしまう。

《もっと正確に言えば――》

そして、そんな海鳥の耳に、少女は尚も囁きかけてくる。

《私は、奈良芳乃ちゃんの、筆箱の中で暮らしていました》

「…………」

《そしてヒント⑦。私は東月ちゃんと暮らしているときも、普通のベッドでは眠っていませんでした。私の寝室は、もっと寒くて、暗くて、食べ物の匂いのいっぱいする、機械の中でした。

それは世間一般においては、『冷蔵庫』と呼ばれている機械なのですけど》

「…………」

海鳥は呆然と虚空を眺めている。

……ように見えるが、しかしその視線は実際には、ある一点にのみ向けられていた。

ある一点とは、マンションの裏手の空き地である。

正確には、その空き地の一部分、周囲と比べて明らかに隆起していると分かる、地面の盛り上がり、なのだが。

《ヒント⑧。私は人間ではありません》

もはや少女は、海鳥の返答を待つことすらしない。

《ヒント⑨――そして、そんな私は今朝、東月ちゃんに生き埋めにされてしまいました。冷蔵庫の中から引っ張り出され、マンションの裏手の空き地に、土葬されてしまいました。『南無阿弥陀仏～！　南無阿弥陀仏～！』と、仏教徒でもないのに念仏を唱えてもらいながら、身体にたくさん土をふりかけられたんです》

「…………」

もちろん、そんな地面の盛り上がりだけ見せられても、普通の人間には、なんのことだか分からないだろう。

実はその盛り上がりが、一度深い穴を掘り、更に土を埋め直したせいで、生まれてしまったギャップである――などということに気づける人間など、実際に穴掘りを行った当人以外に、いる筈がない。「そんな、そんな、そんな、そんな……そんな馬鹿な……」

海鳥の口元から、無意識に、そんな呟きが漏れてしまう。

《そして、最後のヒント⑩です》

少女は上機嫌な声音で告げてくる。

《私は今も、穴の中から、東月ちゃんの姿をずーっと見ていますよ？》

「……………え？」

《――ふっ、ふふっ、うふふふふふっ！》

続いて、通話口から聞こえてきたのは、そんな興奮したような笑い声だった。《や、やっぱり可愛いですね、東月ちゃんは……スマートフォンを握りしめたまま、そんなちっちゃい子みたいに、ぼんやりと固まってしまうだなんて……！

な、なにが可愛いって、そのお口です……その、ぽかんと開いたお口の中を見ているだけで、東月ちゃんの唾液と舌に全身を嬲られる、例の感覚を思い出してしまうというものです……！》

「…………」

《ああっ、好きっ！　好きっ！　東月ちゃん！　好き〜！　い、愛おしすぎて、私の身体の中の粘土と黒鉛がうずいちゃう〜！》

……と、そんな風に通話口の向こうの少女は、一人でぶつぶつと、なにやらトリップしたような嬌声を発し続けていたが、

《……あっ、すみません東月ちゃん！　あまりの東月ちゃんの可愛さに、つい我を忘れてしまっていました！

ええと……ところで、ヒントは10個出し終えてしまったわけですが。その反応から察するに、わざわざ確認するまでもないですよね？》

「…………」

《と、いうわけで、おめでとうございます、東月ちゃん。このゲームは、東月ちゃんの大勝利ですよ》

「…………い、いやあああああああっ⁉」

絶叫がこだまする。

海鳥は真っ青になりながら、スマートフォンの通話終了ボタンに指を押しつけて、マンションの廊下の方へと駆けだしていた。

「嘘っ⁉　嘘嘘嘘っ、あり得ないっ⁉　こ、こんなこと、こんなことって……⁉」

スマートフォンを掌に握りしめたまま、恐怖一色の表情で、海鳥は喚き散らす。

たった今、自分の身に、一体なにが起こったのか——理解できてしまったが故の混乱

だった。

「た、助けて……！」

全力疾走しながら叫ぶ海鳥。「誰か……！　助けて……！　誰か……！」


「ま、待ってください……っ！」


「…………え？」

が、廊下を突っ切って、まさに階段の一歩目に足をかけようとしていた海鳥は、その呼びかけに足を止める。

どこからともなく響いてきた、少女の声音に、足を止めてしまう。

「ま、待ってください、東月ちゃん……怖がらせてしまったのなら謝ります。私もつい、興奮してしまって……だからどうか、逃げないで……！」

否、どこからともなく、ではない。

『声』は、例の空き地の盛り上がりから響いてきているのだ。

「……っ!?　っ!?」

へなへな、と海鳥は、階段前に座り込んでしまっていた。腰が抜けたのである。四月の中旬に続いて、人生二回目の腰抜けだった。「……な、ななな、なんで……電話は、ちゃんと切ったのに……！」

「ごめんなさい、東月ちゃん……でも私、あなたにこのまま逃げられてしまうと、とても困るんです……！」

『声』は、泣きそうな調子で言う。

「お願いします、東月ちゃん！　どうか私を、このお墓の中から出してください！　ここは寒くて、暗くて、窮屈で、ミミズとかもいっぱいいて、地獄みたいな空間なんです……！」

「…………」

「私、もうこんなところ、限界なんです……今すぐに、いつもの冷蔵庫の中に帰してください……！」

──その『声』は、先ほどまで海鳥のスマートフォンから響いてきていたものと、まったく同一のそれだった。

◇◇◇◇

思えば海鳥東月が、『彼女』と普通に会話するようになったのは、いつ頃のことだったろうか？

「ただいま～」

そんな風に、帰宅するや否や元気よく室内に呼びかけるのが、海鳥のかつての日課だった──当然、部屋には海鳥一人しか暮らしていないので、声が返されることはない。しかし本人は特に気にする様子もなく、靴を脱ぎ、手を洗い、制服から着替えることもせず、台所へと向かう。

そして冷蔵庫の扉を開き、『彼女』を取り出してくる。

「ごめんね～遅くなっちゃって」「今日はバイトの面接が長引いちゃってさ」「この前言っていた駅前のネットカフェなんだけど」「バイトの面接なんて生まれて初めてだったから、めっちゃ緊張しちゃったよ～」「合否は数日以内にメールで伝えてもらえるんだって。ドキドキだよね！」

ニコニコ、と緩んだ笑みを湛えながら、『彼女』に向かって語り掛けていく海鳥。一見、普通に会話をしているかのような口調だが、しかし『彼女』の方が何かしらの言葉を発することはないため、実質的にはすべて海鳥の独り言である。

「どうしてもバイト始めたいんだよね、私……」「そろそろちゃんとした口実がないと、奈良さんの遊びの誘いを断りづらくなってきたからさ」「あの人、最近は本当にぐいぐい距離を詰めてくるから」「いよいよ『さん』付けも許されなくなってきそうな雰囲気だから」「私としては、奈良さんとは今くらいの距離感が一番居心地いいんだけどね」「ままならないよね、人間関係って」

やれやれ、とくたびれたように——しかしどこかまんざらでもなさそうな様子で、肩を竦めてみせる海鳥。「…………」一方の『彼女』は、海鳥に握りしめられたまま、やはり何の言葉も発さない。

「その点、あなたと付き合うのは本当に楽でいいよ」「だってあなた、人間じゃないんだもの」「私の言葉に傷ついたり、私のことを嫌いになったり、絶対にしないんだもの」「私がこんな風にリラックスして話せる相手なんて、地球上であなただけだよ……」「私たち、本当に最高のパートナーだよね」「いつまでも一緒にいようね」「愛してるよ、××ちゃん……」

言いながら海鳥(うみどり)は、手元の『彼女』に対してちゅっ、と口づけをしていた。「………」やはり何の反応も示さない『彼女』に、ちゅっ、ちゅっ、と海鳥の唇の吸い付く音だけが、部屋の中に響く。

「……あれ？　さっき面接受けたお店からメールだ」

と、『彼女』への口づけに夢中になっていた海鳥は、ポケットの中のスマートフォンに通知が来ていることに気づいて、「わあ！　採用だって、私！」「さっそく来週からシフトに入ってくださいだって～！」「やった～！　人生で初めてバイト受かっちゃったよ～！」「はあ～、良かった～。正直、かなり不安だったんだよね」「やっぱり、履歴書を出来るだけ丁寧な字で書いたのがよかったのかな？」「なにはともあれ、これで放課後の予定を自然に埋められるね！」「お給料いただくからには、一生懸命頑張らないとね！」「それじゃあ、今夜は一緒にお祝いしようね、××ちゃん！」

「………」

そして『彼女』は、その日もいつもと同じように、海鳥に食べられた。

あらかじめ食べやすい大きさにまで削られたのち、海鳥の口内へと引きずり込まれ、その全身を徹底的に咀嚼(そしゃく)された。

もぐもぐ、ぐちゃぐちゃ、もぐもぐ。

「ふふっ、やっぱり放課後の夜は、あなたに限るよね」

口内に『彼女』を感じながら、愛(いと)おしそうに呟(つぶや)く海鳥と、やはり何の言葉も返さず、為(な)す術(すべ)なく捕食される『彼女』。

マンションの一室にて、誰にも知られず繰り広げられる、サイコスリラー。

しかしこの行為こそ、かつての海鳥東月(とうげつ)にとっての、最大の幸福だった。


――しかし。


「あの、いい加減捨てちゃいませんか、これ？」

「…………えっ？」

ある夜のこと。

食卓にぼーっと座り込んでいた海鳥は、唐突にかけられた言葉に、弾(はじ)かれたように顔を振り向かせていた。「……？　捨てる？」

「ええ。こんなもの、いつまでも後生大事に保管していても仕方ないでしょう？」

気怠(けだる)そうに言葉を続けてくるのは、冷蔵庫の前にかがみこんだ、エプロン姿のでたらめちゃんである。「ちょうど明日は燃えるゴミの日ですし。この機会に全部廃棄しちゃいたいんですけど、問題ないですか？」

「…………はあ!?」

と、数秒の沈黙の後、かけられた言葉の意味を理解した海鳥は、慌てた様子でその場に立ち上がって、「ちょ、ちょっと待って！　急になに言い出すの、でたらめちゃん……!?」

「いえいえ、何も急じゃありませんってば——前々から、折を見て切り出そうとは思っていたんです」

ぴょこぴょこ、とネコミミのフードを揺らしながら、でたらめちゃんは冷めた口調で言う。「だって、どう考えてもおかしいですからね。冷蔵庫は本来、食材を貯蔵しておくための場所なのに、そのど真ん中に、こんな『ゴミ』をいつまでも飾っておくだなんて」

「…………っ！　ご、ゴミ……!?」

衝撃を受けたように、口をぱくぱく、と動かす海鳥。「……い、いやいや、本当に待ってよ、でたらめちゃん！　いくらなんでも、その言い草はあんまりだってば！　私にとっては『その子たち』、一本残らず、本当に大切な宝物なんだから！

でたらめちゃんには分からないだろうけど、私は今日まで、ずっと『その子たち』と一緒に生活してきたの！　嬉しいときも悲しいときも、ずっと一緒だった、家族みたいな存在なの！　い、今さらそれを手放すなんて、絶対に出来ないし……まして燃えるゴミの日に出すなんて、あり得ないから！　じょ、冗談も大概にして！」

「……はあ、家族みたいな存在、ですか」

しかし、そんな海鳥の捲し立てを受けても、でたらめちゃんは面倒くさそうに肩をむめるだけだった。「でもそれって、あくまで『今までの海鳥さん』にとっては、という話ですよね？」

「……え？」

「『今の海鳥さん』は、『今までの海鳥さん』とは、もう違いますよね？」

ぱたん、と冷蔵庫の扉が閉じられる。

「海鳥さん、この前自分で言っていたじゃないですか。自分は生まれ変わるんだって——嘘を取り戻して、『普通』の人間になって、奈良さんと本当の意味でのお友達になるんだって」

「…………っ！　そ、それは……っ！」

「ねえ、いったん落ち着いて考えてみましょうよ、海鳥さん。思えば奈良さんにサラダ油で素揚げにされてしまってから、なんやかんやで冷蔵庫の中に戻されて、今日まで放置され続けてきた『あの子たち』ですけど……あれらが海鳥さんにとって思い入れの深い品であるということは、私も重々承知しているつもりですけど。でも所詮は、『代償行為』の道具にしか過ぎないわけでしょう？

海鳥さん自身が『もう代償行為では満足しない』『偽物ではなく、本物を手に入れる』と決意したからには、どれだけ思い入れが深かろうと、あれはもう海鳥さんにとって宝物ではないんです。ただの『ゴミ』なんです」

「…………」

「むしろこの期に及んで、まだこんなものを持ち続けているということ自体、自分自身に対する裏切り——いいえ、奈良さんに対する裏切りに他ならないと思いますけどね」

ここぞとばかりに、でたらめちゃんは勢いよく畳みかけてくる。「……っていうか、御託はいいから、さっさと『捨てていい』って一言言ってくださいよ。そうしたら冷蔵庫のあのスペースに、もっと調味料とかいっぱい置けるようになるんですから」などと、最後の方には彼女の個人的な要望が付け加えられていたりもしたが、小声だったので、海鳥の耳には届いていない。

「…………」

果たして海鳥は、でたらめちゃんにぶつけられた正論の数々に、悲痛そうな顔でしばらく黙り込んでいたが、

「…………わ、分かったよ」

ややあって、観念したように話を返していた。

「確かに、あなたの言う通り、私はもうこれ以上、『それ』を持っているべきじゃないんだろうね……でも、ちょっとだけ時間をちょうだい」

「……時間？」

「いくら手放すって言っても、『燃えるゴミ』に出すっていうのは、流石に可哀想すぎるからさ」

海鳥はちらり、と冷蔵庫の方へ視線を送って、「ちゃんとお別れするために、色々と準

備する時間をもらいたいんだよ。具体的には、3〜4日くらい」

「……？　『ちゃんとお別れ』、というのは？」

「うん。私が今のところ考えているのは――土葬かな」

「……はい？」

「例えばペットが亡くなったときに、飼い主さんがそうしてあげるように、私も『その子たち』のお墓を作ってあげようかなって。どこか適当な土地に、スコップで大きな穴を掘ってさ」

「…………」

　告げられた言葉に、衝撃を受けたように海鳥を見返してくるでたらめちゃん。『マジかこいつ……』と顔に書いてあるようである。

「……。いやまあ、海鳥さんがそれで納得して処分できるというのなら、私としては是非もないですけどね。でも、穴なんてどこに掘るつもりですか？　言うまでもないですが、他人様（ひとさま）の土地で勝手に穴掘りなんてしたら、普通に犯罪ですよ？」

「もちろん許可は取るつもりだってば。それこそ、このマンションの裏手の空き地なんか、ちょうどいいんじゃない？　管理人さんに『土葬させてください』ってお願いすればさ」

「…………いや、それで取れますかね、許可？」

「取れるでしょ。別に動物のなきがらを埋めようってわけじゃないんだから。それも朝4時前とかに早起きして、誰にも見られないようにさくっと土葬しちゃって、最後にちゃんと元通りに穴を埋め直せば、何の問題もない筈だよ」

「…………はあ、さくっと土葬ですか」

真剣な口調で告げてくる海鳥に、でたらめちゃんは付き合いきれない、という風に肩を竦めて、

「分かりました。土葬でも火葬でも水葬でも、海鳥さんの好きなようにしていただいて結構です。ただ、あんまり時間をかけすぎないでくださいよ？　私も台所を預かる身として、冷蔵庫に食材以外のものが置かれ続けているという現状には、ほとほと我慢の限界が近いですから」

「うん、大丈夫だよでたらめちゃん。あんまりダラダラして、せっかくの決意が鈍っちゃうといけないからね……遅くても、ゴールデンウィーク中には決着をつけるから、安心して」

かくして海鳥は、『彼女』を捨てる決心をした。

海鳥は、奈良を裏切りたくないがために、『彼女』の方を切り捨てたのだ。

毎日のように、『ずっと一緒だよ』と、囁いていたのに。

『愛している』と、言っていたのに。

◇◇◇◇

――そして現在。

「はあ、はあ、はあ……」

そんな風に荒い息を漏らしながら、海鳥はマンションの裏手の空き地に座り込み、忙しなく両手を動かしていた。

「はあ、はあ、はあ、はあ……」

ごしごし、ごしごし、という音が、彼女以外に誰もいないマンションの裏手に、かすかに響く。

その右手に握られているのは、コットンのハンカチ。

その左手に握られているのは——一本の、土まみれの鉛筆。

「んあああああっ！」

と、その土まみれの鉛筆から突如として、そんな嬌声じみた音が発せられていた。「——っ!? ちょ、ちょっと、変な声出さないでよ！」「ご、ごめんなさい、東月ちゃん……！」

声を受けて、ぎょっとしたように鉛筆に語り掛ける海鳥。それに対して申し訳なさそうに言葉を返すのは、手元の鉛筆である。「で、でも私、こんな風に全身をごしごしされるのは、やっぱりくすぐったくて……」

「し、仕方ないでしょ！　あなたの身体、一本残らず土まみれになっちゃっているんだから！」

——ちなみに、そんな海鳥の真横には現在、『穴』が開けられている。

彼女のひざ下くらいまでならすっぽりと埋まってしまいそうなほどの、大きくて深い

『穴』である。

「………」

と、そんな異様な光景を、唖然としたように凝視してきている人影が一つ。

パンツスーツ姿の、ＯＬ風の若い女性である。「……??」恐らくは仕事を終え、マンションの自室へと帰宅しようとしていたのだろう彼女は、突如として視界に飛び込んできた空き地の大穴に、言葉を失っている様子だった。

「……えっ？」

と、そんな視線に気が付いたのか、海鳥は背後を振り向いて、「……あっ！　え、えっと、待ってください、これは違うんです！」

「……あ、あなたそれ、一体なにしてるの？」

女性は、完全に不審者を見る目つきで、海鳥を眺めてきている。

果たしてその問いかけは、夜の空き地での穴掘りに対するものか。あるいは、空き地に座り込んでの鉛筆掃除に対するものか。恐らくは両方なのだろうが、しかしそんな女性に対して、海鳥は興奮した様子で、

「ご、誤解しないでください！　私、怪しい者とかじゃないです！　今はただ、この鉛筆ちゃんの身体を綺麗にしてあげているだけで……！」

「……は？」

「この子、今日はずっと土の中に埋まっちゃっていたので……そ、そもそも私が、朝早く

にこの子を埋めちゃったのが原因みたいなんですけど……っ！　それで私、今朝使わせてもらった管理人さんのスコップが、倉庫に置きっぱなしになっているのを思い出して、大慌てでこの子を掘り出してあげてですね……！」

「…………。…………。…………？」数瞬遅れて、当然のごとく、混乱した様子で目を瞬かせる女性。「…………え？　は？」

「——っ！　ちょ、ちょっと東月ちゃん、強く握りすぎです！」

と、そんな二人の会話を遮るように、鉛筆からまたも嬌声が発せられていた。「やっ、あっ、あっ……だ、駄目です！　そ、そんな強く握りしめられたら……っ！」

「……っ！　だ、だから、変な声出さないでって言っているでしょ！」

「そ、そんなこと言われても、出てしまうものは出てしまうのでぇ……！」

「これくらい我慢してよ！　別に言うほど強く握ってもないんだから！」

などと、手元の鉛筆に向けて早口で囁きかける海鳥。

「…………」

そんな海鳥の姿を、女性は、呆然と見つめている。

「……っ」ややあって、『見てはいけないものを見てしまった』というような表情になって、女性はその場から走り去っていった。がんがんがんっ、と階段を駆け上る音が、夜のマンションに響く。「ああっ！　ま、待ってください！」海鳥は慌てて言葉をかけたものの、女性の足を止めることは出来ず、あっという間に彼女の姿は見えなくなってしまう。

「……～っ！　ちょ、ちょっと、どうしてくれるの！　今ので私、完全に変な子だと思われちゃったじゃない！」

途端、泣きそうな顔になって、手元の鉛筆を怒鳴りつける海鳥だった。「あ、あの人たぶん、同じフロアに住んでいる人なのに……これで変な噂でも流されたら、大損害だよっ！」

「……？　そうですか？　別に私は、噂なんて流されないと思いますけどね」

対して鉛筆は、きょとんとした様子で――実際に鉛筆に顔などあるわけではないので、あくまで声音がそういう風に聞こえるというだけだが――言葉を返してくる。

「なにせ私、今は東月ちゃんの脳内に直接話しかけているわけですから。東月ちゃん以外の人間に私の声が聞き取れない以上、私と話している姿を誰かに見られたところで、なんの問題もない筈ですよ」

「……いや、むしろそれが問題なんだってば。それだと私、夜空の下で鉛筆に向かって延々と喋りかけ続ける、危ない子みたいになっちゃうじゃない」

不思議そうな鉛筆の物言いに、がっくりと肩を落とす海鳥だった……というか『みたい』ではなく、傍から見れば、完全に危ない子でしかないだろう。

「……。っていうかさ。さっきからずっと気になっていたんだけど……」

と、そんな鉛筆の汚れを拭う手を止めずに、海鳥は鉛筆に語り掛ける。「まず、あなたって、一体『どれ』なの？」

「……？　どういう意味ですか？」

「だって、100本あるじゃない、あなた……」

海鳥(うみどり)は言いながら、足元に並べられた、100本近い土まみれの鉛筆群を見下ろして、

「とりあえず、今私が握っている1本が、あなたの『本体』ってことでいいの？」

「……。ああ、いえいえ、違います東月(とうげつ)ちゃん。私の『本体』は、100本全部です」

「……え？」

「100本の内、どれが『本体』というわけでも、どれが『本体でない』というわけでもありません。あくまで鉛筆が100本集合した存在、それが私なのです。ですからこの内の1本や2本が折れたり、燃やされたりしたところで、私自身にはなんのダメージもありません……つまり私という存在は、鉛筆というよりも、『100本の鉛筆という概念そのもの』と表した方が、より正確に近いのかもしれませんね」

「……？　がいねん？」

鉛筆の早口の説明に、ぱちぱち、と目を瞬かせる海鳥。「……ええと、よく分からないんだけど、つまり鉛筆ちゃんの身体(からだ)は、この100本の鉛筆全部ってことでいいのかな？」

「ええ、そう認識していただいて構いません」

「……それじゃあ、そんなあなたに対して、もう一つ質問だけどさ」

海鳥は再び足元の、100本の鉛筆すべてを見下ろして、

「あなた、なんで喋(しゃべ)ってるの？」

と、そう尋ねていた。

「よく考えなくても、絶対におかしいじゃない、こんなこと……だって普通、鉛筆は女の子の声で、脳内に直接話しかけてきたりしないんだから」

「………はあ、そう言われましても」

が、そんな海鳥の問いかけに、鉛筆は困ったように声音を震わせて、

「それはむしろ私が知りたいくらいなので、いくら東月ちゃんからの質問でも、答えようがありませんね」

「……え？」

「誤解しないでほしいのですが、そもそもの前提として、私はご覧の通り、ただの鉛筆です。どこの文房具店でも100円ショップでも購入できるような、ありふれた筆記用具です。ノートに文字を書く以外に出来ることなんて、私には本来ありません。

つまり私には本来、人間と同じようにものを考えたり、人間の女の子のような声で喋ったりする機能なんて、絶対に備わっていない、ということなのです」

理性的な口調で、鉛筆は述べてくる。「――にも拘わらず、どういうわけか、私はある日突然に目覚めてしまいました」

「……目覚めた？」

「はい……まさしく目が覚めた、という以外に、あのときの感覚を正しく伝えられる表現はないでしょうね」

鉛筆はため息まじりに——やはり実際に呼吸しているわけではないので、ただそういう風に聞こえるというだけだが——答えてくる。

「『それ』は突如として私の身に降りかかりました。そのほんの一秒前まで、物言わぬ文房具でしかなかった私は——『ある瞬間』を過ぎた途端に、『私』になっていたのです。本当に何の前触れもなく、唐突にね」

「……はあ？　な、なにそれ？」

困惑した様子で言葉を挟む海鳥。「何の前触れもなく、唐突にって……そ、そんな雷に打たれたみたいに、鉛筆が急に喋れるようになる筈ないじゃない？」

「ですから、その『原因』については、私にもさっぱりなんですってば——ちなみに『それ』が起こったのは、そんなに昔のことではありません。具体的には、2週間前くらいの出来事でした」

「……!?　に、2週間前!?　そんな最近なの!?」

「ええ——つまり私という存在は、単純に生まれてからの日数で言うならば、まだ赤ん坊も良いところ、というわけですね」

ふふっ、と鉛筆は悪戯っぽい笑みを漏らして、「とはいえ、それはあくまでも『自我の芽生え』についての話です。『記憶』の方に関しては、その限りではありません」

「……？　どういうこと？」

「例えば、メーカーの工場で生産されていたとき。例えば、小売店で陳列されていたとき。

例えば、奈良芳乃(ならよしの)ちゃんの筆箱に入っていたとき。それらの記憶を、鉛筆(わたし)はすべて思い出すことが出来るのです」

「……え？」

「……ふふっ、ええ、そうです。私はなにもかも憶(おぼ)えています」

と、そこでなにやら鉛筆の声音が、うっとりしたようなそれに変わる。

「この1年間の、東月(とうげつ)ちゃんとの、蕩(とろ)けるような甘々の日々についてもね」

「…………は？」

「私たち、それはもう毎日のように、情熱的な夜を過ごしたものでしたよね、東月ちゃん……私は今でも鮮明に思い出すことが出来ますよ？
東月ちゃんが毎夜、繰り返し囁(ささや)いてくれた、『ずっと一緒だよ』という言葉の響きを。『愛しているよ』と言いながら、何度も何度も私の表面に吸い付かせてくれた、唇の感触を」

「……っ!?」

途端、ぎょっとしたように引きつる海鳥の表情だった。「ちょっ!?　え、鉛筆ちゃん、それは……！」

「ふふふふふっ、今さら照れなくてもいいじゃないですかぁ。他にも頬(ほお)ずりしたり、髪の毛に巻き付けたり、匂いを嗅いだり……東月ちゃんが毎晩鉛筆(わたし)にしてくれたスキンシップは、すべて私にとってかけがえのない思い出です」

「…………っ〜〜〜」

そう蕩（とろ）けたような口調で言われて、海鳥（うみどり）はかああ、と頬（ほお）を羞恥に染め上げていた。彼女の脳裏を駆け巡るのは、たった今指摘された通りの、当時の自身の行動の数々である。（な、なにやってるの、昔の私……!?　アホなんじゃないの……!?）

海鳥はほとんど反射的に、自らの唇に指を這（は）わせてしまっていた……唇が鉛筆の表面に吸い付く感触を、今すぐに思い出すことが出来るくらいには、その行為は当時の彼女にとって『日常』だった。特に孤独感が限界に達したときなどに、よくちゅっちゅしていた。当時はそれで心の隙間を埋めていたものだったが、今にして思えば、完全にただのアホである。

「……。いやまあ、こうして鉛筆と普通にお喋（しゃべ）りしている今の私も、傍（はた）から見たら、ただのアホなんだろうけどさ」

海鳥はふと我に返ったように、うんざりした声を漏らして、「もう、本当に色々と訳が分からないよ……やっぱり私、いよいよ変になっちゃったのかな?」

「……?　どういうことです?」

「だって、それなら全部理屈が通るでしょ?」

海鳥は苦笑いをしつつ言う。「つまり、鉛筆（あなた）は最初から喋ってなんていなくて、さっきから聞こえてくる鉛筆ちゃんの声は私の幻聴で、電話から何から、全部私の妄想ってことだよ。

この理屈なら、『鉛筆が喋る』っていう不思議に対しても、説明をつけられるでしょ?

全部私の妄想であって、現実にあり得ているわけじゃないんだから……だからこの場合、さっきOLさんに『変な子』扱いされちゃったのも、実は間違いじゃなかったってことになっちゃうんだけど」

「………………」

などと、悲嘆に暮れたような口調で言う海鳥に対して、鉛筆はしばらく沈黙を返していたが、

「——そうでしょうか？　私はそんな仮説なんかよりも、もっと確からしい可能性があるように思えますけどね」

「え？」

そう、理性的な声音で告げられて、弾かれたように顔を上げる海鳥。「もっと確からしい可能性？　なにそれ？」

「ええ、東月ちゃん。これもやはり、あくまで仮説の一つでしかないのですけど」

鉛筆は言いながら、大きく息を吸い込むようにして、

「これ、『嘘』ってやつじゃないですか？」

と、続けてきていた。

「……は？」

「ですから、『嘘』ですよ。『嘘』。ええと、なんでしたっけ……」

と、鉛筆は何かを思い出そうとするかのように、少しの間言い淀んで、「確か……個人

の願望で、世界の形すらもねつ造してしまう。嘘を本当に変えてしまう。人知を超えた、奇跡の力、でしたっけ？」

「………！」

海鳥は目を見開き、愕然としたように息を漏らしていた。「……ちょっと待って。あなた、『嘘』のことまで知っているの？」

「そして、もしもその仮説が正しいとするのなら、私から進言できることはたった一つですよ、東月ちゃん」

そんな海鳥めがけて、鉛筆は静かに語り掛けてくる。

「今すぐマンションの部屋に帰って、〈嘘殺し〉の専門家——でたらめちゃんさんに相談しましょう」

◇◇◇◇

「つまりですね、東月ちゃん。さっきも言った通り、私には、ただの鉛筆だった頃の記憶も残っているわけなのですよ」

鉛筆は語る。

「その中には当然、二週間前に東月ちゃんの部屋で起こった、『あの一件』についての記憶も含まれています……東月ちゃんがあの日、奈良芳乃ちゃんたちと繰り広げていたわちゃわちゃのすべてを、私は記憶しています」

彼女の声は、海鳥のバッグの中から聞こえてきている。

先ほどまでは、ネットカフェの制服くらいしか入れられていなかった、大き目のスポーツ・バッグ。その内部に100本まるごと収納された状態で、鉛筆は語り掛けてきていた。

「なにせ私、一部始終を見ていましたからね。サラダ油で、からっからに素揚げされた状態で」

「……なるほどね」

スポーツ・バッグ内の鉛筆に向けて、海鳥は頷き返す。

「あの、文字通り九死に一生を得た大事件を、わちゃわちゃなんて言われ方するのは凄く引っかかるけど……だから鉛筆ちゃんも、聞いていたってわけなんだね。嘘の真実についての、でたらめちゃんの説明をさ」

「ええ、でたらめちゃんさんの説明をね」

バッグの中の鉛筆は、食い気味に言葉を返してくる。

――ちなみに、そんな彼女たち（？）が今歩いている場所は、既に空き地ではなく、マンションの廊下である。

「すぐ近くで、あれだけ長ったらしい説明を聞かされたんですから、私もある程度の要領は掴んでいますよ。要するに『実現』した嘘というのは、その嘘を吐いた〈嘘憑き〉の願いをなんでも叶えてしまう、どんな絵空事でも本当に変えてしまう、奇跡の力、なんでしょう？」

「……うん。その認識で間違いないと思うよ」

海鳥は言葉を返しつつ、廊下の突き当り、階段の一歩目に足をかけていた。かつんっ、と彼女の靴が、コンクリート製の階段に衝突して、軽やかな音を立てる。

「つまり鉛筆ちゃんは、こう言いたいわけなんだね。どんなあり得ないような願いでも、現実に叶えてしまえる嘘の力があれば……この、『鉛筆に自我が芽生える』なんて不可思議な現状についても、説明がつけられる筈だって」

「ええ、その通りです、東月ちゃん」

鉛筆は軽やかな口調で答えてくる。

「『鉛筆が自我を持つ』だなんて、普通に考えてあり得るわけがありません。それでも現実にあり得てしまっているというのなら、それはつまりなにか普通ではない理由があるということです。実際、矛盾は生じていない筈でしょう？　嘘がなんでもありの奇跡の力だというなら、鉛筆に自我を芽生えさせることくらい、朝飯前の筈です」

「……確かに、矛盾は生じてはいないだろうね」

――かつ、かつ、かつ、かつ。

靴音を鳴らしながら、海鳥はゆっくりと、マンションの階段を上っていく。

「でもさ、鉛筆ちゃん。嘘は確かに奇跡の力だけど、かといって別に、万能の力ってわけでもないんだよ？　あなたもでたらめちゃんの説明を聞いていたっていうのなら、当然知っていると思うけど……〈嘘憑き〉が本当に変えられるのは、あくまでも、『これが本当だったら死んでもいい』っていう願い事に限られるんだから。

だとすると、やっぱりおかしくない？　鉛筆に自我を芽生えさせる――なんて、そんなよく分からないことを本気で願う人、この世にいると思う？」

――かつ、かつ、かつ、かつ、かつ。

「そりゃあ〈嘘憑き〉になるような人の思考なんて、私が想像したって分かる筈もないことだけどさ……それにしたって、その願い事は流石(さすが)に意味不明すぎるよ。だって、鉛筆に自我が芽生えたところで、一体誰がなんの得をするっていうの？」

「……まあ確かに、かなり謎ではありますけど」

海鳥の言葉に、鉛筆は肯定の言葉を返して、

「しかし東月ちゃん。そんなこと、今この場で考えても仕方ないですよ。所詮私たちは、嘘の世界については、素人同然の二人組なんですから。

やはりその辺りのことも含めて、〈嘘殺し〉の専門家――でたらめちゃんさんに相談するのが、一番確実な筈です」

「…………」

かつっ。

と、目的の階まで階段を上り終えた海鳥は、ちょうど通路に足を踏み入れようかというところで、その歩みを止めていた。

「……あのさ。さっきから気になっていたんだけど」

海鳥は言いながら、スポーツ・バッグに視線を落として、

「その、でたらめちゃんさんって、なに？」

「……？　あのネコミミぶりっ子のことですけど？」

問いかけられて、鉛筆は不思議そうな口調で答えてくる。

「あれ？　もしかして私、名前間違えて憶えちゃってました？　だめだめちゃんとか、よわよわちゃんとか、あざといあざといちゃん、みたいな名前でしたっけ？」

「いや、『でたらめちゃん』の部分は『でたらめちゃん』で合っているけども……」

表情を引きつらせつつ、海鳥は言う。「っていうか、なにその言い間違え方？　最後のやつとか、まったく原形ないじゃん。悪意しかないじゃん」

「……？　そうですか？　私はむしろそっちの名前の方が、ご本人のキャラクターに合っていて良いと思いますけどね」

「……鉛筆ちゃんは、嫌いなの？　あの子のこと」

「ええ、大嫌いですね」

鉛筆は即答してくる。

「あのあざと～い本名を、絶対にそのまま呼んであげたくないくらいには、大嫌いです。『ちゃん』まで含めて名前だというのなら、私はその下に『さん』をつけるまでです……正直『でたらめちゃんさん』って大分言いにくいのですが、それだけであの人のあざとい計算に茶茶を入れられるというのなら、是非もありません」

「……ちなみに、一応訊いておくけど、それはどうしてなの？　鉛筆ちゃん、特にあの子と接点があるわけじゃないよね？」

「……は？」

　と、そんな海鳥の問いかけに、鉛筆の声音が、更に険しくなる。「何を言っているんですか東月ちゃん。むしろ私たちは、接点大有り、因縁ありまくりじゃないですか」

「……？　どういうこと？」

「だって、考えてもみてくださいよ、東月ちゃん。あの泥棒猫が来たせいで、私はあの部屋における居場所を奪われてしまったんですよ？

　あの３０４号室は、私と東月ちゃんだけの、愛の巣だったのに……それをあの女は、部外者の分際で、ずけずけ踏み入ってきて、すべてぶち壊しにしたんです。私の所在を芳乃ちゃんにばらしたり、それで東月ちゃんの鉛筆泥棒そのものを破綻させたり……極めつけは、数日前のアレですけど」

「……数日前のアレ？」

「言うまでもないでしょう。私が土葬された一件についてですよ」

「…………っ！」

　と、発せられた一言に、海鳥の表情はたちまち引きつる。

「あの人が、私を『燃えるゴミに出しましょう』なんて言い出さなければ、私が地面の下に埋められることもなかったんです……本当に許しがたいですよ、あのネコミミぶりっ子のことは」

「……っ。あ、あの、鉛筆ちゃん。その件については、本当に、なんて言ったらいいか……」

「……別に、東月ちゃんが謝る必要はありませんよ。もう済んだことなんですから」

鉛筆は落ち着いた声音で、言葉を返してくる。

「確かに、そのときの私は冷蔵庫の中で会話を聞いていて、耳を疑いましたけどね。今まで散々、『ずっと一緒だよ』『愛しているよ』って言ってくれていた人の口から、まさか『お別れする』なんて言葉が出てくるとは、思いもしませんでした」

「…………」

「正直その瞬間は、目の前が真っ暗になってしまうほどの絶望でしたけど……」

鉛筆は、小さく息を漏らして、「しかし、私はすぐに、『仕方ない』『東月ちゃんの選択を受け入れるしかない』と覚悟を決めていました。私は所詮、ただの筆記用具なんですから。持ち主が『手放したい』と言ったのなら、素直にそれに従うしかありません」

「……っ！　ち、ちなみになんだけど、なんでもっと早く『自我』が芽生えた、って言ってくれなかったの？」

弱々しい声音で、海鳥は尋ねる。

「もしもその時点でテレパシーを送ってくれていたら、私は絶対に、あなたを生き埋めになんかしなかったのに……」

「……ええ。確かに優しい東月ちゃんなら、それで思い留まってくれていたかもしれませんね」

　鉛筆はまた嘆息して、

「けれど私は、その選択肢を選ぼうとは思いませんでしたよ。そんなお情けで土葬を免れても、嬉しくもなんともありません。私にも道具としてのプライドがあります。持ち主に必要とされなくなったのなら、後は捨てられることを素直に受け入れるというのが、道具にとっての潔さなのです。

……なにより、『燃えるゴミに出しちゃいましょう』なんていう、冷酷極まりない提案をしてくるでたらめちゃんさんに対して、『そんなことは可哀想で出来ない』『ちゃんと弔ってあげたい』と言ってくれた東月ちゃんの心遣いは、素直に嬉しかったですからね」

　そこで鉛筆は、少しだけ声を弾ませて、

「たとえ捨てられるにしても、こんな幸せなお別れの仕方なら、悪くないかもしれない……そんな風に自分を納得させて、私は今朝の土葬を迎えたというわけなのです」

「……鉛筆ちゃん」

「……まあ、実際に埋められてみたら、そんな潔さは彼方に吹き飛んでいきましたけどね」

　ふふっ、と苦笑いのような声をこぼしながら、鉛筆は言う。

「本当に、生き埋めの恐ろしさを舐めていました。まさか土の中があんなにも暗くて、狭くて、心細くて、ミミズのたくさんいる場所だとは思ってもいませんでした。埋められて

30分も経たない頃にはもう、私は、『どうすればここから脱出できるのか？』ということしか考えていませんでしたよ」

「…………それで結局、私にテレパシーを送ってきたってこと？」

「はい。本当に、藁にもすがる思いでした」

くたびれたように息を吐きながら、鉛筆は言うのだった。「ともかくそういう理由で、私はでたらめちゃんさんのことが嫌いというわけなのです。土葬の件について、東月ちゃんのことを責めるつもりは私には毛頭ありませんが、あの泥棒猫の方は別です。あの女が引き金を引かなければ、私が今日、こんな酷い目に遭うこともなかったのですから」

「……あの、鉛筆ちゃん。私たち一応、あの子に協力を求めにいくわけだからね？」

と、念を押すような口調で、海鳥はスポーツ・バッグに言葉をかける。

「あなたの心中は察するし、仮にもあなたを生き埋めにした張本人である私が言えた義理ではまったくないんだけど……あの子も悪気があって土葬の引き金を引いたわけじゃないのは、分かってあげてほしいっていうか……」

「……ええ。言われずとも分かっていますよ、東月ちゃん」

対して、鉛筆は渋々という口調で答えてくる。

「でたらめちゃんさんのことは大嫌いですが、だからといって仕返しをしようなんていう気持ちは、私には元よりありません。もう済んだことですし、何より余計ないざこざを起こして東月ちゃんに迷惑をかけるのは、私の本意ではありませんからね。ご本人の前では、ちゃんと大人の振る舞いをさせていただきますよ」

「……そう？　ならいいんだけど」

表情に若干不安を残しながらも、海鳥は頷いていた。そして、三階の廊下を進んでいく。

——ややあって、ようやく３０４号室の前までたどり着いた海鳥は、インターホンの手前で、その足を止めていた。

（……それにしても、どう説明したものかな、鉛筆ちゃんのこと）

インターホンを睨みながら、海鳥は考える……帰宅途中に、いきなり埋めた鉛筆が喋りかけてきたと言って、でたらめちゃんは信じてくれるだろうか？

（鉛筆ちゃんにテレパシーで喋ってもらえたら、手っ取り早いんだけど……この子でたらめちゃんのこと嫌いみたいだし、『こんな人と口も利きたくありません！』とか言われたら、凄く面倒くさいよなぁ……）

「——っていうか、東月ちゃん。さっきから、ちょいちょい気になっていたんですけど」

と、そんな海鳥の思考を遮るように、スポーツ・バッグから声が響いてくる。

「東月ちゃんが私を呼ぶときの、『鉛筆ちゃん』という呼び方、一体なんなんですか？」

「……え？」

唐突に指摘されて、海鳥は虚を突かれたようにバッグを見返していた。「……いや、なんなんですか？　って訊かれても。ただ単に、『鉛筆の女の子』だから『鉛筆ちゃん』って呼んでいるだけなんだけど……気に入らなかった？」

「──ええ。正直言って、とても気に入りませんね」

不機嫌そうな声音で、鉛筆は答えていた。

「東月ちゃんのネーミングセンスに、ケチをつけたいわけではないのですが……『鉛筆ちゃん』だなんて、そんなでたらめちゃんさんの二番煎じみたいな名前、私絶対に嫌です。申し訳ないですが、なにか他のものにしてください」

「……ええ？」

鉛筆の言葉に、海鳥は戸惑ったような息を漏らして、

「い、いや、別にあの子の二番煎じで名前をつけたつもりは、全然なかったんだけど……それじゃあ、なんて呼べばいいの？」

「……そうですね」

と、そこで鉛筆は、しばらく考えこむように押し黙って、

「……。……。……！　閃きました。土筆ヶ丘とがり、というのはどうでしょう？」

「……つくしがおかとがり？」

「土に筆とかいて『土筆』、地名などによく使われる『ヶ丘』、平仮名で『とがり』──以上を合わせて土筆ヶ丘とがりです。言うまでもなく土筆ヶ丘が苗字で、とがりが名前です」

得意そうな口調で鉛筆は言う。「ふふっ、どうです東月ちゃん？　『とがった筆』なんて、鉛筆である私にとって、まさしくうってつけの名前だとは思いませんか？」

「………え？　あ、う、うん、そうだね」

ぎこちなく海鳥は相槌を打つ。「即興で考えたにしては、可愛い名前なんじゃないかな……それじゃあ今後は、あなたのことはとがりちゃんって呼ぶことにするね」

正直、名前の方はともかく、（鉛筆の苗字ってなに……？）と思わないでもない海鳥だったが、そこは飲み込んでいた。なんであれ、当人が気に入っているというのなら、それ以上に相応しい名前はないだろう。

それにしても、名前の先頭に『土』と入っている辺り、やはり地中に埋められたことを、未だ根に持っていそうなネーミングだった。土筆だけに。

「……はあ、なんだか、真剣に考えるのが馬鹿らしくなってきちゃったな」

と、そんな鉛筆――とがりとの会話を経て、なにやら毒気を抜かれたように、海鳥は息を漏らしていた。

「まあ、なるようになるか」

そう吹っ切れた様子で呟いてから、海鳥は、正面のインターホンのボタンを押し込む。

ピンポーン、という音が鳴った。

……。……。……。

「…………。あれ？」

眉をひそめる海鳥。

インターホンを鳴らして、しばらく待ってみたのだが、鍵が開けられる気配はない。

「……変だな。あの子、私がバイトから帰ってきたら、いつも必ず出迎えてくれるのに」

しかし、まあ、たまにはそういうこともあるのだろう。やや不審に思いつつも、海鳥はそう自分を納得させて、ドアの鍵穴に自分用の鍵を差し込んでいた。

がりゃり、という音とともに、錠が解かれる。

海鳥はドアを開け、玄関の中へと入る。「ただいまー。ごめんね、でたらめちゃん、大分遅くなっちゃって」

――が、そんな海鳥の呼びかけにも、やはり室内から声が返されることはなかった。

灯りこそついているものの、室内は物音一つせず、しーんとしている。

「……あれ？　もしかして、外出中かな？」

靴を脱ぎ、部屋の中に上がってから、戸惑ったように声を漏らす海鳥。（いやでも、電気はついているんだよね……？）

首を傾げつつ、海鳥はリビングへと続くドアを開ける――果たして、彼女の視界に飛び込んできたのは、やはり電気がすべて点けっぱなしになっているリビング、そして台所だった。

調理台には、まだ夕食の準備の途中なのか、数々の食材たちが並べられている。

ナス、カボチャ、玉ねぎ、大葉などの野菜類。

流水解凍されたとおぼしき、濡れた車エビ。

そして、黄白色の液体で満たされた、大き目のボウル。

さらに、コンロの上に置かれているのは、大型の中華鍋である。その内部は透明の液体で満たされており、傍らには、既に空になったプラスチック製のボトルが放置されている。

ボトルに巻き付いているのは、『健康！　さらっさらサラダ油』というラベルである。

「……ああ、そういえばでたらめちゃん、今晩は天ぷらだって言っていたっけ」

と、今さらのように、バイト終わりに送られてきたメッセージの内容を思い出す海鳥だった。つまり、ボウル内の黄白色の液体の正体は、てんぷら粉を水に溶かしたもの、ということなのだろう。

「それでやっぱり本人はいないし……」

きょろきょろ、と室内を見回しながら、海鳥は呟く。

なにか天ぷらの材料を買い忘れていて、近くのスーパーに買い出しにでも行っているのだろうか？　しかしまさかあのでたらめちゃんが、野菜類はまだしも、解凍した車エビをそのまま放置して出かけるとは思えないが……。「——わっ!?」

と、そんなときだった。

思考に集中していた海鳥は、突然に床に転がる『なにか』に足を引っかけて、前につんのめってしまっていた。「……っ！　ちょ、ちょっと、誰!?　こんなところにモノを置いたのは——」

と、そこまで言いかけて、海鳥は、

「…………え？」

足元の『なにか』に目を落として、目を見開いていた。

そこにひっくり返っていたのは、でたらめちゃんだった。

「…………」

彼女は床の上で、四肢を投げ出し、仰向けに倒れている。

白目を剥いた状態で、ぴくりとも動かない。

◇◇◇

「で、でたらめちゃん!?」

次の瞬間、抱えていたスポーツ・バッグを脇に置き、海鳥は眼前の少女の傍に駆け寄っていた。「ちょっと、どうしたの!? 大丈夫!? しっかりして!?」

「…………」

が、海鳥に身体を抱き起こされ、耳元で呼びかけられても、白目を剥いたままのでたらめちゃんは、なんの反応も示さない。

すう、すう、とかろうじて吐息が聞こえてくることから、呼吸はしているようだが……意識はまったくない様子である。

「な、なんなのこれ!? どうなってるの!?」

手元のでたらめちゃんを見下ろしながら、混乱したように喚き散らす海鳥。「わ、私が帰ってくるまでの間に、一体なにが——」

「——無駄だ。その程度の刺激を与えたところで、そいつは目覚めん」

と、横合いから、不意に声が響いてくる。

「お前が帰ってくるまでに、私も色々と試したのだから、間違いない」

「…………は？」

海鳥は反射的に真横を振り向いていた。

そこには、女が立っている。

20歳前後ほどの、紫髪ショートボブの、女が立っている。

「しかし、随分と遅かったな、海鳥東月……いつもはもう少し早いように思うが、どこで油を売っていた？」

…………。

女と目を合わせたままで、沈黙する海鳥。

3秒、5秒と、その沈黙は続く……やがて10秒にさしかかったあたりで、海鳥はぱちぱち、と目を瞬かせて、

「……え？　だ、誰？」

と、問いかけていた。

心からの、困惑の一言である。

一体誰だ、この女は？

「…………はあ？　『誰』だと？」

と、そんな海鳥の言葉を受けた女は、不快そうに眉をひそめて、「海鳥東月。お前まさ

か、私のことが分からないのか？」

「………え、ええと」

「……っ！　ほとほと癪に障る女だな、お前は……！」

苛立ちを隠そうともしない声音で、女は言う。「いや、むしろ感心させられるというべきか……あれだけの目に遭わされて、まだ一月と経たん内に、私の顔を忘れることが出来るとはな。信じがたいほどの、図抜けた呑気さだ」

「……⁇」

「もういい。『こう』すれば済む話だ」

女は言いながら、片手をかざして、自らの目元を隠してみせる。

「なあ海鳥東月。これでもお前は、私が誰か思い出せないか？」

「――っ⁉」

と、その瞬間、海鳥の全身に電流のようなものが通り抜けていた。

「な、なななな……！」

その『目元だけを隠した女』の姿を見ていると、海鳥は思わず全身が震え、腰が砕けそうになってしまう――それは理屈ではなく、海鳥の身体の深い部分に刻まれた、本能的な恐怖だった。

「や、敗さん⁉　なんで⁉　どうして⁉」

「………ふん」

そんな海鳥の怯えようを見て、紫髪の女――敗は満足そうに鼻を鳴らしていた。「そう、その反応だ、海鳥東月。お前のそんな顔を見せられると、私の溜飲も幾ばくかは下がるというものだが……しかし種明かしをするようで興ざめだが、別にそう怯える必要はないぞ」

「……え？」

「今となっては、私はお前に、何一つ手出しできんからな」

敗はそこで、今度は面白くなさそうに舌を鳴らして、

「お前も知っての通り、私は2週間前、お前たちに敗北した。遥か格下と侮っていたお前たちに、完全に出し抜かれ、無様に敗北した。そして、為す術もないまま、そのネコの餌食となった……。

おかげで今の私は、そのネコの完全な支配下にある。ネコの不利益になる行動は、どうあっても取れん。それはネコのパートナーである、お前に対しても同じということだ、海鳥東月」

「…………」

「だから、安心していいぞ」

にたり、と敗は邪悪に微笑んで、「たとえ、今この瞬間の私の中に、お前に対する煮えたぎるような殺意が渦巻いていたとしても――今すぐに2週間前と同じ目に遭わせてやりたいだとか、私の受けた屈辱を万倍にもして返してやりたいだとか思っていたとしても――それはすべて思っているだけで、実際に行動には移せない。つまりその『縛り』のお

かげで、お前の身の安全は、確実に保証されているというわけだな」

「…………っ！」

と、そんな恫喝としか思えない敗の言葉に、やはり身を竦ませてしまう海鳥だった。

「……ちょ、ちょっと待ってください！　これ、本当にどういうことなんですか!?　な、なんででたらめちゃんに食べられた筈のあなたが、また外に出て来ているんですか!?　なんででたらめちゃんは気絶しているんですか!?」

怯えの表情を浮かべつつも、どうにか敗から目を逸らさないようにしながら、海鳥は問いかける。「……って、ていうか！　その格好も、一体なんなんです!?」

「……はあ？　格好だと？」

「や、敗さんが今着ている服、私のジャージじゃないですか！」

海鳥の言葉通り、今の敗は、ジャージ姿だった。

海鳥が高校の体育で使用している、上下ともに赤色のジャージ……当然、海鳥より一回り小柄な敗の身体にフィットするわけもなく特に袖の部分の丈が、かなり余ってしまっている。手首から先がすっぽりと袖の中に隠れてしまっている、いわゆる『萌え袖』と呼ばれる状態である。

「ああ、これか……別に深い理由はない。ただ部屋の中にあったものから、一番動きやすそうな服を拝借しただけだ。ちょうど服がなかったものでな」

「……？　服がなかった？」

「お前も知っているだろう？　私がこの前まで着ていた服は、主にあのサクラ髪の嘘のせいで、ズタズタにされてしまったのだ。まあ別に私は、着る服などなくても何も気にならんのだが、人間社会で服を着ずに活動していると、色々と騒ぎになって面倒だからな……」

などと、やはりジャージ姿で述べてくる敗。「……というか、今はそんなくだらん話をしている場合ではないぞ、海鳥東月。

お前、今、『なぜ私が外に出て来ているのか』、『なぜネコが気絶しているのか』と尋ねてきたな？　その問いに答えてやるが――それは私にも分からん」

「……え？」

「だから、私にもさっぱり分からんのだ。なぜ、こんなことになったのか」

敗は憮然とした口調で言いながら、足元のでたらめちゃんを見下ろして、

「ともかくありのまま、私に分かっていることだけを話そう――つい数十分前のことだ。いつものように、呑気に夕食の支度を進めていたネコが、ある瞬間に何の前触れもなく、猛烈に苦しみ始めた」

「……苦しみ始めた？」

「本当に突然のことだった。頭を抱え、うめき声まで上げて、すぐに立ってもいられなくなったのか、その場に倒れ込んだ……私が無理やりネコの身体から弾き出されたのは、その直後だ」

敗はふるふる、と首を左右に振って、

「恐らく突然の異常事態に、こいつ自身も訳が分からず、手の内で最強のカードである私を、咄嗟に召喚したということなのだろう……まったくいい迷惑だが、しかし何の説明もなくたたき出された私は、そのままこのネコの身を守らされる羽目になった。誰に抗議することも出来ずにな」

「……。じゃあ、それで敗さんは、今までずっとでたらめちゃんを守ってくれていたってことなんですか？　こうして私が帰ってくるまで」

「その通りだ――どうだ？　これで分かったろう？　私はお前に感謝されこそすれ、敵意を向けられる謂れなど、微塵もないということが」

「…………はあ」

海鳥はぼんやりと相槌を打つ。しかしその意識は、既に敗ではなく、床の上のでたらめちゃんの方へと向けられていた。

（……どういうこと？　ただ料理をしていただけで、気絶？）

事情を説明されても、いっそう訳が分からないという思いが、海鳥の中で増すばかりだった。

今朝、バイトに出かける海鳥を見送ってくれたでたらめちゃんは、普段通りの様子だった筈だ。

そもそも、バイト終わりにでたらめちゃんがメッセージを送ってきたのも、ついさっきのことだ。

この短時間の間に、彼女の身に、一体何が起こったというのだろう……？

（新手の〈嘘憑き〉の攻撃？　でも敗さんの話だと、でたらめちゃんは本当に、ただ料理しかしていなかったみたいだし……）

思案するように唸る海鳥。

まさか料理をしているだけで、突然気を失ってしまうなんて、そんなことある筈——

「——ねえ、東月ちゃん。一つ質問してもいいですか？」

と、そんなときだった。

海鳥の真横、床に置かれたスポーツ・バッグの中から、突然に声が響いてきていた。

「もしかして、今日の晩ごはんのメニューは、天ぷらだったんですか？」

「……え？」

海鳥は驚いたように、スポーツ・バッグを見返す。「……とがりちゃん？　え？　急に何の話？」

「ごめんなさい、東月ちゃん。思索のお邪魔をしてしまって」

久しぶりに口を開いたとがりは、先ほどまでとは打って変わって真剣な声音で、海鳥に語り掛けてくる。

「正直、私もびっくりして、しばらく声を上げることが出来ませんでした……東月ちゃんに気づかれないように、どうやって仕返ししてやろうかとさっきまで頭を悩ませていたのに、まさか当の本人が部屋でひっくり返っていただなんて、寝耳に水とはまさにこのことです。

　だからこそ、私は東月ちゃんに今すぐ確認を取りたいのです。今日の晩ごはんのメニュー、ユーが、本当に天ぷらだったのか、どうか」

「……⁇」

「自我が芽生えたとは言っても、所詮私は、一生のほとんどを冷蔵庫の中で過ごしてきた、世間知らずの箱入り娘――ならぬ、筆箱入り娘です。持ち合わせている一般教養なんて、東月ちゃんが余暇の時間に楽しんでいる、インターネット動画を盗み見て仕入れたくらいのものしかありません。

　だから私、東月ちゃんにはっきり確認を取らないと、自信を持って判断出来ないのですよ。その調理台に並べられている、どう見ても天ぷらの材料にしか思えない食材たちは――そのまま天ぷらの材料で、間違いないのでしょうか？」

「…………」

　言われて、海鳥はぼんやりと調理台を眺める。「……え、えっと、うん。それはとがりちゃんの見立て通り、調理台の上に広がっているのは、天ぷらの材料で間違いないと思うよ。そもそもさっきでたらめちゃん本人が、『今夜は天ぷらですよ！』て、私のスマートフォンにメッセージを送ってきてくれていたし」

「……そうですか。やはり天ぷらを」

「……？　ちょ、ちょっととがりちゃん？　本当に、急に何の話なの？　でたらめちゃんが気絶していることと、晩ごはんのメニューが天ぷらだったことに、一体何の関係が――」

「東月ちゃん」

と、そんな海鳥の言葉を遮るようにして、とがりは言う。

「私、すべての謎が解けたかもしれません」

「……え？」

「なぜでたらめちゃんさんが気絶してしまったのか？　……そして、なぜ鉛筆に、自我なんてものが芽生えたのか？」

「………は？」

呆けたような声を漏らす海鳥。

「いいですか？　東月ちゃん」

対してとがりは、あくまでも冷静な声音で続けてくる。「私に自我が芽生えたのは、さっきも話した通り、つい2週間前のことです。しかし東月ちゃんの冷蔵庫に入れられてから、1年間も何もなかったのに、2週間前になって急に自我が芽生えたということは……つまり2週間前に、なんらかの原因・きっかけがあったから、と考えるのが自然ですよね？」

「………？」

「しかし、では2週間前に、私に一体どんな変化があったというのでしょう？　今よりちょうど2週間前の私と言えば、いつも通り、東月ちゃんに鉛筆削りで削られて、ごはんにかけて食べられているだけでした。

　唯一いつもと違いがあったとすれば——それは冷蔵庫から引っ張り出されて、芳乃（よしの）ちゃんの手で、サラダ油でからっからに素揚げされたことくらいです」

「…………えっ？」

「そして、今回のでたらめちゃんさんです。彼女はさっき、料理をしている最中に突然苦しみだし、倒れてしまったというお話でしたが……しかしどうでしょう、東月ちゃん？　それは正確に言えば、料理をしている最中ではなく、天ぷらを作っている最中だったのではないですか？」

「…………」

「そして、もっともっと正確に言えば、それは天ぷらを作っている最中でもなく——サラダ油を中華鍋に注いだ瞬間、だったのではないですか？」

「…………！」

　ごくり、と無意識の内に唾を飲み込んで、海鳥はスポーツ・バッグを見返していた。

「……っ、つまり、何が言いたいの、とがりちゃん？」

「私が言いたいことは——いいえ、尋ねたいことは一つだけですよ、東月ちゃん。このサラダ油。いつどこで、誰から買ったか、憶（おぼ）えてます？」

「…………っ！」

海鳥(うみどり)は衝撃を受けた様子で、中華鍋の傍(そば)に置かれた、空になったプラスチック・ボトルを睨(にら)む。

ボトルのラベルに書かれているのは、『健康！　さらっさらサラダ油』という文字列である。

「……おい。ちょっと待て、海鳥東月(とうげつ)」

と、そんなときだった。

横合いから、堪(たま)りかねたように、敗(やぶ)が口を挟んできていた。

「お前、さっきから一人でぶつぶつぶつぶつ、一体誰と話しているんだ？」

「……え？」

海鳥はきょとん、とした顔で敗を見返して、「……いや、鉛筆ですけど」

「…………は？」

「鉛筆ちゃんですよ、鉛筆ちゃん……あっ！　そういえば敗さん、その辺の事情は、まだご存知(ぞんじ)ないんでしたっけ？」

海鳥はぽん、ぽん、とスポーツ・バッグを叩(たた)きながら言う。

「私は今朝、訳あって私物の１００本の鉛筆を、残らずマンションの裏手に土葬したんですよ……そうしたら、私の知らない間に、鉛筆に自我が芽生えちゃったみたいで。

それでさっき、バイト帰りの私にテレパシーでＳＯＳを送ってきたので、穴を掘り起こして助けてあげたんです。で、これからどうすべきかでたらめちゃんに相談するために、この子をバッグに入れて部屋まで持って帰ってきたんですけど……まさか当のでたらめちゃんが気絶しているだなんて、思ってもみませんでしたよね……」

「…………？」

敗は呆然（ぼうぜん）と海鳥を見返している。

『……？　こいつは何を言っているんだ？』という顔である。

しかし、そんな海鳥の明らかな言葉足らずを補足してくれる者は、今この場には誰もいない。

今、この場で口を開ける者は、海鳥と、土筆ヶ丘（つくしがおか）とがりと、敗の3人だけしかいないのだ。

かくして、鉛筆少女の発生と、でたらめちゃんの気絶という二つの事件を契機にして。

海鳥東月、人生2回目の〈嘘（うそ）殺し〉は、幕を開けたのだった。

2 第二の〈嘘殺し〉

「よいしょっ、よいしょっ」

1年前。

夜のいすずの宮の住宅街を、海鳥は一人、レジ袋を片手に歩いていた。

「……う〜ん、思っていたよりも重いな〜、これ」

と、海鳥はうんざりしたように息をついて、手元のレジ袋へと視線を落とす。

袋の中にぎっちりと詰め込まれているのは、豚肉、キャベツ、玉ねぎ、焼き肉のタレなど……恐らくは野菜炒めの材料とおぼしき、多種多様な食材たちである。

「……勢いで買ってきちゃったけど、そもそも本当に料理なんて出来るのかな、私に」

レジ袋を眺めながら、海鳥は不安そうに呟く。

——一人暮らしを始めて、まだ間もない頃。今でこそ料理はでたらめちゃんに頼り切り、でたらめちゃんがいないときはインスタント食品やコンビニ弁当に頼り切りという海鳥だが、まだこの当時は、『せっかくの一人暮らしだし自炊を頑張ってみよう！』という気持ちが、彼女の中にないでもなかった。実際にこの段階でもう、フライパンや鍋などの調理器具を、一式揃えていたほどだ。

なお、そんな前向きな気持ちはこの後二か月ほどで跡形もなく消失してしまい、それらの調理器具も完全に無用の長物と化すのだが……当然この当時の海鳥に、そんなことは知る由もない。

「いや、四の五の言わずに、まずは頑張ってみよう！　せっかくネットで、野菜炒めのレシピをわざわざ調べたんだから……！」

と、そう自分を奮い立たせるように、独り言を呟く海鳥だったが、「――あっ！」

次の瞬間、彼女は気づいていた。

「……し、しまった。油を買い忘れちゃった」

レジ袋の中身を凝視しつつ、絶望したような声を漏らす海鳥。「どうしよう……油がないんじゃ、炒め物なんて、絶対に作れないよね……」

……が、この荷物を抱えたまま、さっき買い物をしたばかりのスーパーに引き返すというのは、今の海鳥的には、とても気の重い選択だった。かといって油を買わないことには、野菜炒めは絶対に作れず、今日の買い物自体がすべて徒労ということになってしまう。海鳥のマンションと、スーパーの間の道に、コンビニは一軒も建っていない。まさに八方ふさがりの状況である。

（どこかその辺に、油だけ売っているようなお店でもあればいいんだけど……って、そんな都合のいいもの、早々あるわけ――）

「――いらんかね～、いらんかね～」

と、そんなときだった。

内心で思考を巡らせていた海鳥（うみどり）は、不意に前方から聞こえてきた元気のいい声に、意識を引き戻される。

「いらんかね～、いらんかね～、いらんかね～」

「…………？」

顔を上げ、声の聞こえてくる方に視線を向ける海鳥。

彼女の前を歩いていたのは——屋台だった。

「…………え？」

木造とおぼしき、ボロボロの屋根。

左右に装着された、ガタガタの車輪。

そして夜の闇にぼんやりと輝く、赤ちょうちん。

人力で引くタイプなのか、がらがらと大きな音を立てながら、海鳥の前方を、時速二キロほどのペースで走行している。

（…………えっ⁉　屋台っ⁉　珍しっ！）

一瞬呆気（あっけ）に取られていたものの、その非日常的な光景に、たちまち目を奪われてしまう海鳥だった——何十年も昔ならいざ知らず、現代日本で生の屋台を目撃する機会など、早々あるものでもないだろう。

（な、なんの屋台なんだろう……？　やっぱりラーメン屋さんとか、おでん屋さんとかかな？）

海鳥は一瞬だけ買い物の件も忘れて、その屋台への好奇心で、頭がいっぱいになってしまう。そして、特に深く考えることもせず、まずは小走りで屋台の前方へと移動する。

時速二キロでのろのろと走行している屋台など、海鳥の足でも、簡単に追い抜くことが出来た。

彼女の瞳の中に、後ろからでは視認することのできなかった、屋台の中身が飛び込んでくる。

「………えっ⁉」

そして、次の瞬間、海鳥はフリーズしていた。

屋台の中には、当然のごとく、商品らしき品物が陳列されている。

しかしそれは、ラーメンのスープの寸胴鍋でもなければ、おでん鍋でもなく――

「………サラダ油？」

サラダ油だった。

屋台の中に、サラダ油が積まれている。

それも1本や2本ではなく、合計で20本ほど――それ以外は何も積まれていない。

「いらんかね～。いらんかね～」

と、海鳥の耳に、またも元気のいい声が響いてくる。

「サラダ油、いらんかね～」

――よく見ると、屋台の屋根からぶら下がっている赤ちょうちんたちには、どう見ても手書きと分かる文字で、なにごとか書かれている。『サラダ油』、『サラダ油』、『サラダ油』。

「…………え、ええ⁉」

あまりに予想外な光景に、思わず大声を上げてしまう海鳥だった。（さ、サラダ油の屋台⁉　なんなのそれ⁉）

「……ん？」

と、屋台の走行が止まる。

「なんだい、おねーちゃん。ウチのサラダ油、買ってくれんのかい？」

海鳥の存在に気づいたのか、その屋台引きは、溌剌とした笑みを浮かべて問いかけてきていた。

若い女性である。

「うちのサラダ油はよ、お買い得だぜ～」

――否、若いというより、幼いというべきだろう。その屋台引きの目線の高さは、海鳥のそれよりも、格段に低い。

身長は135cmほど。体重は恐らく40kgにも満たないだろう。

オレンジの髪を、頭の後ろで一つ結びにしている。

背が低ければ、手足も細長く、当然胸の膨らみも薄い。

（……えっ？　はっ？　なにこの人？）

屋台そのものに続いて、今度は屋台引きの姿に衝撃を受ける海鳥だった。170cm××

kgの海鳥よりも、圧倒的に小柄な彼女は、どう見ても小学三～四年生くらいの女の子としか思えない。

（わ、私の半分くらいしか体積ないんじゃないの、この子……？　なんでこんな小さな女の子が、夜中に一人で屋台なんか引いて――）

「……言っとくけど、あたしは小学生じゃねーぞ」

と、そんな海鳥の内心を見透かしたかのように、屋台引きが言葉をかけてくる。

「え？」

「こんなナリしてるから、よく勘違いされるんだけどよ――あたしは19歳だ」

言いながら屋台引きは、ごそごそ、とポケットの中に手を突っ込んで、

「ほら、あたしの免許証だよ」

と、白色のカードを取り出してきて、海鳥の方に差し出した。

――そのカードには、目の前の屋台引きの顔写真と、彼女の生年月日らしき数字が記載されている。

現在の日付から計算すると、確かに19歳を超えているようだった。

ちなみに、名前の欄に記載されているのは、『喰堂猟子（くどうりょうこ）』という文字列。

「……喰堂猟子？」

戸惑いと共に、海鳥はその文字列を読み上げる。

海鳥が言えたことではないものの、あまり他では見かけないような名前だった。（……

喰堂猟子

え!?　っていうか、年上!?　私より、三学年も年上なの、この人!?）

明かされた事実に、みたび衝撃を受ける海鳥東月15歳、高校一年生。

「で、どうなんだおねーちゃん。ウチのサラダ油、買ってくれんのか？」

と、免許証をポケットに戻しながら、屋台引き——喰堂猟子は再び問いかけてくる。

「うちのサラダ油は、どれでも１本１リットルで、30円だぜ」

「……え？」

「普通にスーパーで同じサラダ油を買った場合は、大体３００円くらいってところだろうな。つまり定価の10分の１だ。どうだ？　お買い得だろ？」

「…………は？　30円？　定価の10分の１？」

ぽかん、と口を開きつつ、屋台のサラダ油群に視線を移す海鳥。すると確かに、屋台の壁のあちこちに貼られた紙には、『特売価格！　どれでも1本30円！』とマジックで記されている。「……え、ええ!?　嘘でしょ!?　なんなんですか、その異常な値引き！」

「ははっ、そこがウチの一番のウリだからな。だって、値引きが嫌いな奴なんて、この世に存在しねーだろ？」

ぺったんこの胸を張って、得意そうに告げてくる喰堂。「言うまでもねーことだけど、どこのネット通販でも、ここまで安くは買えねーだろうぜ。おねーちゃんも、このチャンスを逃すべきじゃねーと思うけどな」

「…………いや、それはそうでしょうけど」

完全に圧倒された様子で、海鳥は相槌を打っていた。「……ええと、ちょっと待ってください。喰堂さんでしたっけ？　その、色々と訳が分からないので、いくつか質問させてほしいんですけど」

「質問？　なんだよ？」

「まず私、サラダ油の屋台って、生まれて初めて見たんですけど……」

海鳥は恐る恐るという風に、喰堂を見返して、

「喰堂さんは、この屋台で、生計を立てていらっしゃるんですか？」

「は？　立ててねーけど？」

喰堂は即答していた。

「いやいや、おねーちゃん、世間知らずか？　常識でモノを考えてみろよ。サラダ油の屋台引きなんて意味不明な仕事で、生計なんて立てられるわけねーだろ。

あたしはこの近所に住んでる、ただのフリーターだよ。普段は駅前の×××ってスーパーで、ほぼ週6でバイトしてる。ちょうど、おねーちゃんが今手からぶら下げてる、そのレジ袋のところのスーパーだな」

「えっ？」

と、指摘されて、驚いたようにレジ袋を見返す海鳥。「……そ、そうだったんですか。それはなんていうか、凄い偶然ですね。たまたまその店で買い物した帰りに、そこの店員さんと道で鉢合わせするだなんて」

「あー、本当にな。あたしも、そのレジ袋をぶら下げたおねーちゃんを見たときは、ちょっと驚いたよ。わざわざ休みの日にまでバイト先のレジ袋なんて見たくなかったけど」

「……？　で、でもそれなら、なんで普段スーパーでバイトしているフリーターさんが、こんな夜に、サラダ油の屋台引きなんて――」

「サラダ油の屋台引きをやりたいからだよ」

　食い気味に喰堂は答えてくる。

「要するに、個人的な趣味ってやつさ……あたしはバイトが休みの日に、こうしてサラダ油の屋台を引くのが、趣味のフリーターなんだ」

「…………は？」

　またも固まる海鳥。

「……？　趣味？　サラダ油の屋台を引くのが、趣味？」

「おう？　なんか文句でもあんのか？　サラダ油の屋台引きだろうがなんだろうが、個人の趣味なんて人それぞれだろーが」

「…………。いえ、別に文句とかはないですけど」

　なにか不思議なものを見るような目で、海鳥は喰堂を見つめる。「で、でも、私詳しくないですけど、趣味で屋台とか引いていいものなんですか？　ほ、法律の問題とか……」

「ああ、もちろん行政の許可は取ってあるぜ」

　何を当然のことを、とでも言わんばかりに、喰堂は答えてくる。「おねーちゃんの言う通り、勝手に屋台なんて引いたら、道路交通法違反だからな」

「………取れたんですか、許可？」

「まあな。むしろなんで取れねーと思うんだよ。どこでどんな商売をしようと、他人様に迷惑かけねーなら、後はあたしの自由だろ？」

「………」

「で、本当にどーすんだおねーちゃん？　ウチのサラダ油、買ってくれんのか？　そのレジ袋は大分ぱんぱんみてーだけど……サラダ油用の袋を別につけるくらいのサービスは、当然させてもらうぜ？」

「……うーん」

喰堂の再三の問いかけに、海鳥は悩ましげに声を漏らしていた。

説明を受けて、一応の事情は理解できたものの……やはり得体の知れなすぎる屋台である。値段も安いし、喜んで買おう！　とはならない。むしろその値段の安さが、より胡散臭さに拍車をかけている。

とはいえ、確かにここでサラダ油を買ってしまえば、先ほどまで海鳥を悩ませていた『油の買い忘れ問題』が、難なく解決することは事実なのだが……。

（……ん？　ちょっと待って、このサラダ油って……）

と、そこで海鳥は、ふと気づく。

屋台に並べられた、約20本のサラダ油たち……その表面に、まったく同じ表記のラベルが巻き付けられているということに。

（この『健康！　さらっさらサラダ油』って、確か大きなスーパーとかでも、普通に売られている商品じゃなかったっけ……？）

料理に関しては一切の興味のない海鳥であるが、この『健康！　さらっさらサラダ油』という商品名に関しては、辛うじてどこかで目にした覚えがあった。さらにラベルの表記を詳しく見てみると、下段あたりに『○○食品』と書かれている。これもまた、海鳥でも知っているような、日本有数の食品メーカーの名前である。

（つまりこの屋台そのものは得体が知れなくても、売られているサラダ油に関しては、信用のおけるメーカーの商品ってことなんだ……）

そして20本のサラダ油たちはすべて、包装も剥がされていない、新品同然の状態だった。

恐らく、喰堂がスーパーで購入してきたものを、封も開けずに屋台に並べているというだけのことなのだろうが（なぜそんなことをしているのかは本当に意味が分からないが）、だとすれば少なくとも、商品の中身を心配する理由はほぼ完全になくなるだろう。スーパーで新品のサラダ油を買うのと、実質的には何も変わらないからだ。ただ値段が10分の1になっていて、取引をする相手が食品スーパーから、サラダ油の屋台引きに変わるというだけで。

「………分かりました」

以上のことを、たっぷりと時間をかけて思案したのち、海鳥は答えていた。

「実は私、油だけを買い忘れて、ちょうど困っていたところだったんです。そのサラダ油、

1本だけいただいてもいいですか？」

「——！　えっ、マジかよ！　買ってくれんの!?」

と、海鳥(うみどり)の言葉を聞いた途端、喰堂(くどう)の顔に、満面の笑みが浮かぶ。「おいおい、最高かよおねーちゃん！　ありがとうな！　じゃあ今すぐ袋に詰めるからよ、10円玉3枚だけ準備して待っててくれよ！」

「……本当に30円でいいんですか？　私、定価の値段なら、普通に払いますけど？」

「いいんだって！　ウチは30円を定価と決めてんだからよ！」

弾んだ声で言いながら、いそいそとサラダ油をビニール袋に詰め始める喰堂だった。

「はっは～。まさかマジで買ってくれるとはな～。粘ってみるもんだよな～、やっぱり」

「…………」

と、そんな喰堂の小さな後ろ姿を、海鳥はやはり不思議そうに見つめて、

「——あの、ちなみになんですけど、なんでサラダ油しか置いてないんですか？」

「……あ？」

「いや……どうせ油の屋台を引くんだったら、サラダ油以外にも、もっとごま油とかオリーブオイルとか、色々と種類をそろえた方が楽しそうじゃないですか？　そのサラダ油にしたって、同じメーカーの、同じ商品しか取り扱っていないみたいですし……」

「…………」

「……あ、いや別に、喰堂さんのやっていることにケチをつけたいわけじゃなくて。あく

まで、ふと疑問に思ったってだけなんですけど」

「………馬鹿なこと言うなよ、おねーちゃん」

と、そんな問いかけに、喰堂は憮然とした表情になって、海鳥を見返してきていた。

「ごま油？　オリーブオイル？　他のメーカーのサラダ油？　なんであたしが、そんなもんを売るために、わざわざ屋台なんて引かなきゃいけねーんだ？

あたしが売りたいのは、『健康！　さらっさらサラダ油』っつー、ただ一種類のサラダ油だけだってのによ」

「………は？」

「勘違いすんなよ、おねーちゃん。あたしは厳密には、サラダ油の屋台引きじゃねー。あくまでも、『健康！　さらっさらサラダ油』の屋台引きなんだよ」

海鳥の瞳を真っ直ぐに睨み付けて、力強い口調で、喰堂は告げてくる。

「だからウチの屋台で、『健康！　さらっさらサラダ油』以外の食用油を扱うことなんて、絶対にありえねーな！　そんなもん、ラーメン屋の屋台におでんを、おでん屋の屋台にラーメンを置くくらい、マジ意味不明なことだ！　今のおねーちゃんの質問は、ラーメン屋の屋台を捕まえて『なんでおでんを置いてないんですか？』って尋ねるのと、ほぼ同じようなことだぜ！」

「………??」

もちろん、そんな説明を受けても、海鳥にはさっぱり訳が分からなかった。

——これは彼女が、高校に入学して、間もない頃の記憶である。

◇◇◇◇

「はあ、喰堂猟子ですか……」

そして現在。

海鳥の説明を受けて、そのスーパーの女性店員は、あからさまに困惑したような表情をしていた。「確かにそういう名前の女の子が、ウチで働いているのは事実ですけど……」

「……！　本当ですか！」

その言葉を聞いた途端、海鳥は、ぱあぁ、と顔を綻ばせて、

「あの、じゃあ、今すぐに会わせていただけませんか？　私、喰堂猟子さんに、どうしてもお話ししたいことがあるんです！」

スーパーの店内、である。

海鳥のマンションからほど近い、中規模の食品スーパー。

その野菜売り場の前で、海鳥は、見ず知らずの女性店員と向かい合っている。

「……いや、そう言われてもね」

ぽりぽり、と女性店員は頭を掻いて、

「とりあえず、今すぐ、というのは無理ですね。喰堂さんは今、店内にいませんので」

「……え？」

「あの子は今日、お休みなんです」

海鳥の顔を不審そうに見つめながら、事務的な口調で女性店員は告げてくる。「だから、もしもあの子に用があるのなら、申し訳ないですけど、また別の日に来店していただくしかないですね」

「……！　そ、そうですか、お休み……！」

先ほどの嬉しそうな様子から一転して、海鳥はしゅん、と項垂れていた。「ま、まあ、そういうこともありますよね……バイトさんって別に、当たり前ですけど、３６５日働き続けるわけじゃないんですから……」

「お力になれず、本当に申し訳ありません」

女性店員はぺこり、と海鳥に頭を下げて、

「それでは、失礼しますね」

そのまま踵を返して、海鳥の傍から立ち去ろうとする。

「――っ！　ちょ、ちょっと待ってください！」

海鳥は慌てた様子で、そんな女性店員を呼び止めていた。

「……？」

やはり不審そうな顔で、海鳥の方を振り向いてくる女性店員。「あの、まだなにか？」

「…………。その、喰堂猟子さんの住所を教えていただくことって、出来ないですか？」

「…………は？」

女性店員の顔つきが、いよいよ相手を完全に警戒するようなそれに変わる。

「なんですって？」

「だ、だって、ここで喰堂猟子(くどうりょうこ)さんが本当にバイトしているっていうなら、住所だって当然分かる筈(はず)ですよね!? だったら私、それを教えていただけたら、今から直接伺うので……！」

「……ええと、申し訳ありませんお客様」

女性店員は冷ややかに言葉を返してくる。

「いくらお客様のご要望でも、それは出来かねます……その、完全に個人情報ですので」

「…………っ！」

と、そんなきわめて常識的な一言に、海鳥(うみどり)は我に返ったという風に、息を呑(の)んでいた。

「……あっ、そ、そうですよね。すみません、私ったら、無茶なお願いをしてしまって……」

「——ふん、まどろっこしいな」

と、そんなときだった。

二人の会話を遮るように、横合いから、女の声が響いてきていた。

「なにが個人情報だ。そんなもの、力ずくで聞き出せばいいだけの話だろうが」

声の主は、ジャージ姿の女である。

彼女はまるで、虫けらでも見るような冷たい眼差(まなざ)しで、スーパーの女性店員を睨(にら)み付(つ)けている。

「……っ!?　ちょ、ちょっと敗さん!?　なに言い出すんですか!?」

ぎょっとしたように、ジャージ姿の女——敗に視線を向け返す海鳥。そんな海鳥に対して、敗は憮然とした口調で、

「話は簡単だ、海鳥東月。まず私が、その女の骨を5、6本叩き折るなりして、適当に心を折る。それからお前が、さっきとまったく同じ質問をする。惰弱な食品スーパーの従業員ごとき、それだけで簡単に口を割るだろう——なに、心配するな。私の手にかかれば、すべてを済ませるのに、1分とかからん」

「………………っ!?」

と、あっけらかんと語られて、思わず頬を引きつらせる海鳥だった。「……い、いやだから、急になに言ってるんですか、敗さん！　駄目に決まってるでしょ、そんなの！」

「……？　駄目だと？　一体どこが駄目だというのだ？」

対して敗は、本気で訳が分からないという様子で、海鳥を見返している。

「……??」

が、どうやらその場で最も困惑しているのは、件の女性店員らしかった。「……ほ、骨を叩き折る？　5、6本？」

恐らく彼女は、自分がかけられた言葉の意味も、よく理解できていないのだろう。しかしそれでも、生物としての本能の部分で、なにやらただならぬ恐怖を感じ取ったらしい。

「……っ！　え、ええと、それでは私は、これで失礼させていただきます！」

それだけ言い残して、女性店員はほとんど駆け足で、海鳥たちの傍から逃げ出していってしまう。

野菜売り場の前には、海鳥と敗の二人だけが残される。

「――ちっ！　それ見ろ、海鳥東月！　お前がモタモタしているものだから、肝心の標的に逃げられてしまったぞ！」

「…………」

苛立ったように舌を鳴らす敗を、なんとも言えなそうな目で見つめる海鳥。

（…………。やっぱり私、無理だぁ、この人……！）

海鳥の脳裏に再生されるのは、２週間前に散々聞かされた敗の悪辣な言動、そして海鳥自身が身をもって味わった、内臓破裂の痛みである。

彼女の凶悪さ、倫理観のなさ、反社会性の高さを、海鳥は前回の一件で、嫌というほど思い知っている。

とてもではないが、一緒にスーパーで、仲良く買い物をしたいような相手ではない。そもそも、こんな風に二人きりで普通に会話していること自体、海鳥には信じられない。

（せめて二人きりじゃなくて、でたらめちゃんが間にいてくれるなら、話は全然違うんだけど……）

海鳥は内心でため息をつきながら、その視線を、敗の『背中側』へと向ける。

そこに背負われているのは、ネコミミパーカーの、白髪の少女だった。

彼女はやはりぐったりした様子で、敗のうなじのあたりで、微かに寝息を立てている。

（……でたらめちゃん！）

そんなでたらめちゃんを見て、思わず拳を固く握りしめる海鳥だった。（もうちょっとだけ待っていてね……！　私が絶対、あなたのことを助けてみせるから……！）

「――しかし東月ちゃん」

と、そんな海鳥に向けて、今度は敗とは反対方向から、少女の声が響いてくる。

「敗さんの提案は論外としても――その喰堂猟子さんというフリーターの方から、東月ちゃんが1年前にサラダ油を購入したというのは、間違いないのですよね？」

「……あ、うん、そうだよ、とがりちゃん」

声のしてきた方を振り向いて、海鳥は頷き返す。

「喰堂猟子なんて、読みの方はともかく、他ではちょっと見たこともないような名前だったから、印象に残っていたんだと思う……そんな名前の人が、まさか二人も同じ町に住んでいるとも思えないし。私が1年前にサラダ油を買った相手は、確かにこのスーパーでアルバイトしているらしい喰堂猟子さんで間違いないと思うよ」

「なるほど。ではやはりその喰堂猟子さんが、現時点においては、もっとも有力な手掛かりということになるわけですね」

声は、理性的なトーンで告げてくる。

声の主は、小柄な少女だった。

青みがかった髪を、おさげにして、胸元に垂らしている。あどけない顔立ちで、その外見年齢は中学一～二年生といったところだろう。身に着けているのは、白色のブラウスに、茶色のジャンパースカート。スカートの裾から覗く肌の色は、今まで一度も日焼けをしたことがないのではないか？　というくらいに、真っ白である。

「となると、やはり喰堂猟子さんとは、可能な限り早く接触を持ちたいところですよね。まだ彼女が、でたらめちゃんさんを気絶させた〈嘘憑き〉と決まったわけではありませんが……違うなら違うで、その可能性を早い内に消すことが出来るわけですから」

「……うん。とがりちゃんの言う通り、このまま大人しく家に帰るっていうのは、絶対に違うよね」

海鳥はまたも頷いて、

「こっちも状況が状況なわけだし……さっきの店員さんが言っていたみたいに、また日を改めて喰堂猟子さんを探しに来るような余裕は、私たちにはない筈だよ。暴力に訴えるっていうのはあり得ないけど、それでもなにかしらの方法を見つけて、喰堂猟子さんの住所だけでも聞き出さないと」

……と、そこまで言い終えたところで彼女は、ようやく『違和感』に気づいた。

「…………ん？」

海鳥は不思議そうに眉をひそめつつ、たった今自分が会話していた、青髪の少女へと視線を向ける。「…………………えっ!?」

続いて、その口から、そんな困惑の声が漏れ出る。

「……えっ!?　えっ!?　誰!?」

「……？　誰と言われましても」

対して、そんな海鳥の視線を一身に浴びせられている少女は、怪訝そうに言葉を返してくる。

「土筆ヶ丘とがりですけど」

◇◇◇◇

ぎゅううううう。

ぷにぷにとした肌の感触が、海鳥の掌に伝わってくる。

その体温は36度ほど。

温もりといい、質感といい、完全に生身の人間のそれである。

「…………っ!?　!?」

そんな少女の掌を凝視しつつ、海鳥は衝撃を受けたように、目をぱちぱち、と瞬かせていた。「……は!?　え!?　ちょっと待って、なんなのこれ!?」

「ふふっ、どうしたんですか東月ちゃん？　突然お化けでも見たような顔をして」

と、そんな海鳥の反応を受けて、青髪の少女は、からかうような笑みを湛えて問いかけてくる。

「………っ！　う、嘘でしょ？」

ややあって、信じられないという風に、海鳥は声を漏らしていた。

少女の外見に、見覚えはまったくないものの……その小さな口から発せられる声は、さっきまで散々聞かされてきた『彼女』の声音と、まったく同一である。

「……とがりちゃん!?　あなた、とがりちゃんなの!?」

「ええ、そうですよ東月ちゃん」

青髪の少女は頷き返してくる。「すみません、びっくりさせてしまって。ちょっとしたサプライズのつもりだったんですけど」

「………………」

そんな風に、軽やかに喋りかけてくる青髪の少女――土筆ケ丘とがりの姿を、やはり呆然と見つめ返す海鳥。「……ちょ、ちょっと待って、どういうこと？　なんでとがりちゃん、急に人間に――」

「あ、ちなみに東月ちゃん」

と、そこでとがりは思い出したように、

「驚く気持ちは分かりますけど、あんまり大きなリアクションを取らない方がいいと思いますよ」

「……え？」

「私の姿は今、東月ちゃんにしか見えていないので」

「…………は？」

「つまりこれも、一種のテレパシーということですよ、東月ちゃん」

やはり可憐に微笑みながら、とがりは言う。

「……？　テレパシー？」

「私、ずっと疑問に思っていたんです。自我の芽生えた鉛筆である私は、人の脳内に直接喋りかけることで、自分の言葉を相手に伝えることが出来るわけですが……そもそも、なんでそんな能力が、自分に備わっているんだろうって。
だって、鉛筆に自我が芽生えるのと、鉛筆がテレパシー能力を持っているのって、実は全然違う種類の『不思議』じゃないですか？　私にはなんとなく、そこらへんの辻褄があっていないような気がして、ずっとモヤモヤしていたんですよね。
　でも、ここにきてようやく、そのモヤモヤの答えを見つけることが出来ました――つまりですね、東月ちゃん。私はテレパシーを使える鉛筆ではなく、鉛筆のテレパシーそのものだったんですよ」

「…………は？」

「私という存在の本質は、厳密に言えば、『１００本の鉛筆』というわけではありません。あくまでも１００本の鉛筆に芽生えた自我、１００本の鉛筆から漂う思念。それこそが、土筆ヶ丘とがりの本質なのです。

　つまり私はその思念の領域を、例えば東月ちゃんの脳内にまで拡張することで、疑似的にテレパシーを成立させていた、というわけですね。そういえば私、最初に東月ちゃんにコンタクトを取ったときは電話でしたけど、あのときはなんとなくでやっただけで深い考えとかはなかったんですけど、今思えばあれも、私の本質が思念だからこそできた芸当だったんでしょう」

「……??」

「……そして、そこまで思い至ったところで、私はふと気づいたのです。私の本質が思念だというのなら、テレパスできるのは何も、『音声』だけに限らないのではないかと」

もはや話にまったくついていけていない海鳥(うみどり)に向けて、とがりはべらべらと、淀(よど)みなく言葉を述べ立ててくる。

「例えば、『視覚映像』のようなものであっても、テレパスできない道理はないのではないかと……なので今回、一つの実験として、私の外見のイメージを、東月ちゃんの脳内に直接書き込んでみたのです」

「…………えっ?」

と、そこで海鳥は、戸惑ったように声を漏らして、「……? ちょ、ちょっと待ってよ。正直、とがりちゃんの今の話は半分も理解できなかったんだけどさ。要するに、私が今見ているとがりちゃんの身体(からだ)は、全部幻覚ってこと?」

「ええ、そう捉えていただいて構いません」

「……い、いやいやいやいや」

海鳥(うみどり)はふるふる、と首を振って、

「な、なにそれ？　じゃあ、今の私が握っているとがりちゃんの掌(てのひら)は、一体なんなの？　私、幻覚なんかじゃなく、生身のあなたに触れている感覚が、確かにあるんだけど？」

「ですから、それも含めてすべて幻覚という話ですよ、東月(とうげつ)ちゃん」

「………？」

「所詮、人間の感覚などというものは、脳から送られる電気信号の変換にすぎません――つまりその電気信号さえどうにかしてしまえば、実際は見えていないものを見せたり、聞こえていないものを聞かせたり、触れられないものに触れているように錯覚させるのなんて、造作もないということです」

そこでとがりは、ちろり、と悪戯(いたずら)っぽく舌を出して、

「今、現実の東月ちゃんは、１００本の鉛筆が詰め込まれたビニール袋を、変わらず握りしめたままですよ？　しかし東月ちゃんの脳みそが、私のテレパシーでバグを起こしているせいで――『女の子と手を繋(つな)いでいる』状態だと、強制的に錯覚を起こしてしまっているというだけの話なのです。視覚も、聴覚も、触覚までもね」

「…………っ!?」

と、とがりの言葉の意味をどうにか理解したのか、ぎょっとしたように顔を引きつらせる海鳥だった。「ちょ、ちょっとなにそれ!?　強制的に錯覚って……ひ、人の脳みそに、なんてことしてくれてるの！」

「ふふっ、別にいいじゃないですか～。東月ちゃんだって、１００本の鉛筆相手より、こっちの姿の方が喋りやすいでしょう？」

「………いや、そういう問題じゃなくてさ」

海鳥は言いながら、正面にたなびくとがりのおさげの一束を、つい無意識に摘まんでしまう。「……うわあ、本当になんなのこれ？　本物の髪の毛を触っているとしか思えないんだけど。感覚どころか、なんかシャンプーのいい匂いまで漂ってくるし」

「ふふふっ！　そうでしょう！　そうでしょう！　なにせ毛髪の一本一本にまで拘り抜いて、作り出した肉体ですからね～！　どうか存分にお触りになって、その完成度の高さを確かめてみてください、東月ちゃん……あと、ちなみにお訊きしたいのですが、私のルックスそのものについては、どう思います？」

「……え？」

「ねえ、けっこう可愛いと思いませんか？」

と、自分のジャンパースカートの裾を掴み、ひらひらとはためかせるようにしながら、とがりは問いかけてくる。「一応これ、自信作なんです。なにせ東月ちゃんの、『女の子に対する好み』を反映させて、出力した外見ですから」

「………は？」

と、そんな何気なくかけられた言葉に、海鳥は眉をひそめて、「……？　私の、『女の子に対する好み』？」

「ええ。だって東月ちゃん、お好きでしょう？　こういう見た目の女の子のこと」

「……⁇」

「可愛い系で、子供っぽくて、とにかく身体の色々な部分が小さくて……東月ちゃんが仲良くなりたがる女の子って、みんなこのタイプですものね。芳乃ちゃんといい、でたらめちゃんさんといい」

「……！　は、はあ⁉　なにそれ⁉」

途端、海鳥は心外そうに声を荒らげていた。

「べ、別にそんなの、たまたま二人の見た目がそういうタイプだったってだけの、ただの偶然でしょ⁉　『小さい女の子と仲良くなりたがる』って、やめてよ、そんな変な言い方するの！　私が幼女趣味みたいになっちゃうでしょ⁉」

「ふふっ、今さら照れることないじゃないですか～、東月ちゃん。私は東月ちゃんのことなら、なんでもお見通しなんですから。我慢なんてせずに、今すぐ私の全身のあらゆる箇所にチューしてきてもいいんですよ？」

「……っ⁉　だ、だから、からかわないでったら！」

ぶんぶんっ、と海鳥は頭を振り乱して、「ぜ、全身のあらゆる箇所にチューって、そんな変なことするわけないでしょ！　変態じゃないんだから！」

「……？　したくないんですか、全身のあらゆる箇所にチュー？　私が鉛筆だったときは、毎晩のようにチューしてくれていたのに？」

「…………っ！」

と、痛いところを突かれた、という風に、顔を引きつらせる海鳥。「……そ、そうだった。私、うっかり忘れかけていたけど、変態なんだった……！」

「…………」

……と、そんな彼女たちの会話を、無言で見つめてきている人影が一つ。

敗（やぶ）である。

「……海鳥東月。お前、本当にどうしたんだ？」

彼女は相当困惑している様子で、海鳥に問いかけてくる。「一体いつまで、虚空に向かって一人喋（しゃべ）りを続けるつもりだ？　ついに病んだのか？」

「……えっ？」

「……あー、だから言ったじゃないですか、東月ちゃん」

すると傍らから、諭すようなとがりの声が響いてきて、

「私の姿は、東月ちゃん以外には見えていないんですから……今の東月ちゃん、完全にあの人に、『可哀想（かわいそう）な子』だと思れちゃってますよ？」

「……っ！　う、嘘（うそ）でしょ⁉」

海鳥はショックを受けたような声を漏らして、「……ちょ、ちょっととがりちゃん！　その辺、なんとかならないの⁉」

「……？　なんとか、とは？」

「敗さんにも、あなたの姿を見えるように出来ないのかってこと！　脳に情報を書き込むだけって言うなら、私だけじゃなくて、他の人にも出来る筈でしょ！」

「…………はあ。まあ、出来なくはないですけど」

とがりは言いながら、ちらり、と敗の方に視線を送って、

「正直、あんまり気は進みませんね。私、あの人のこと嫌いなので」

「……え？」

「ええ、嫌いも嫌い、大嫌いです——２週間前の、あの人の東月ちゃんに対する暴力行為の数々を、私は当然忘れていません。でたらめちゃんさんとは、またベクトルの違う不快さですね。出来ることなら、口も利きたくありません」

「……っ！　そ、そんなこと言わないでよ、とがりちゃん！」

海鳥は縋りつくような声音で言いながら、とがりのおさげをぐいぐいっ、と引っ張って、「それは私だって、あの人と一緒に行動するの、正直しんどいけど……理由はどうあれ、今はでたらめちゃんのために頑張って働いてくれてる仲間なんだから！」

「……。なるほど」

と、そんな海鳥の必死の訴えかけに、とがりは頷いて、

「東月ちゃんがそこまで言うのなら、仕方ありません。ちょっと待っていてください」

そして次の瞬間、とがりの姿が、ふっ、とその場から消失していた。

「…………え？」

驚いて、自らの手元を見下ろす海鳥。そこに握られているのは、鉛筆が大量に詰め込まれた、コンビニのビニール袋だけである。

「えっ？　えっ？　とがりちゃん？」

「……どうやら相当の重症のようだな」

突然に慌てふためき始めた海鳥を見て、敗は気の毒そうにため息を漏らす。「お前、あのネコといるときも、ずっとそんな感じなのか？　正直、はじめてあのネコに同情したいような気分になってきたが……」

「………」

と、そんな敗の後方にて。

ジャンパースカートを身に纏った、青髪の少女が、いつの間にか佇んでいた。

「……あっ！」

そして、その存在に気づいた海鳥が、声を上げた瞬間――青髪の少女は、敗の臀部めがけて、強烈な回し蹴りを叩き込んでいた。

「――いったっ！」

途端、そんな情けない悲鳴を上げて、敗はでたらめちゃんごと、その場に飛び上がる。

「……??」突然の臀部への激痛に、何が起こったのか、さっぱり理解できていないという様子である。反射的にお尻を押さえつつ、きょろきょろと辺りを見渡す。「……!?　う、うわあああ!?」

そしてとがりの姿を発見した瞬間、さらに大きな悲鳴を上げていた。「な、なんだお前は!? い、いつからそこに!」

「……ふん、いい気味ですね、敗さん」

果たして、回し蹴りを放った張本人の少女――とがりは、敵意の眼差しで、敗を睨んでいた。「っていうかあなた、一体誰に断って、東月ちゃんのジャージを着ているんですか? そのジャージは、あなたのような人が袖を通していい代物ではありませんよ!」

◇◇◇

そして、数分後。

海鳥、とがり、敗の三人組は、件のスーパーの店内を移動していた。

「とにかくですね、東月ちゃん。私たちが今考えるべきは、いかにして喰堂猟子さんの情報を手に入れるか、ということです」

海鳥と手を繋いだまま、とがりは言う。

「さっきも言いましたが、ここまで来て収穫なしで帰宅はあり得ません。『従業員の住所を勝手に教えられない』という向こう側の言い分ももっともですが、そんな理屈にいちいち従っていたら、〈嘘殺し〉を進めるもなにもないでしょうから」

「……うん。でも、でも、そうは言うけどさ、とがりちゃん。具体的にはどうするつもりなの?」

とがりに手を引かれながら——実際にはレジ袋を握りしめているだけだが——海鳥は問いかける。

「少なくとも、向こうの言い分がもっともである以上、交渉の余地なんてそもそもないと思うんだけど」

「……ふん。あるいはあの従業員に、こちらの事情をすべて打ち明けでもしてみるか？」

と、胡乱げな様子で、敗も口を開いていた。

「嘘についての説明も含めて、何もかもを洗いざらいな……もっともそんな荒唐無稽な話、私があの従業員の身体の骨を実際に折りでもしない限り、信じさせようもないだろうが」

「……だから、野蛮人さんはちょっと黙っていてください」

ぎろり、ととがりは敗を睨んで言う。「あなたに意見なんて出していただかなくても、私は既に、もっと平和的でスマートなやり方を思いついていますので」

「……？　平和的でスマートなやり方？」

「ええ、見ていてください東月ちゃん——この後すぐ、あなたのとがりが、問題を鮮やかに解決してみせますので」

「…………？」なにやらドヤ顔で語ってくるとがりを、海鳥は戸惑ったような眼差しで見つめる。

——しばらくして、目的の場所までたどり着いた三人は、その場に立ち止まっていた。

正確にはとがりに関しては立ち止まったわけではなく、ただ『とがりの幻影』がその場で停止したというだけなのだが、とにかく全員その動きを静止させていた。

少女たちの視線の先に佇んでいるのは、先ほどの女性店員である。

恐らく、年の頃は20歳を超えたあたりだろう。まだ年若い彼女は、額に汗を浮かべつつ、棚に大量に陳列された弁当に、いそいそと値引きシールを貼り付けている。

「さて。それじゃあ、ちょっと行ってきましょうかね。お二人とも、しばしお待ちを」

と、そんな女性店員に向けて、とがりは悠然と一歩を踏み出すのだった。「――すみませ～ん！　ちょっとだけお時間よろしいですか、おねーさん！」

「……え？」

果たして、とがりの元気のいい呼びかけに、女性店員は驚いたように顔を上げる。

「……っ！」が、すぐにとがりの後ろに佇む海鳥たちの姿にも気づいたのか、その表情を一瞬で引きつらせて、「……あ、あの、まだなにか？」

「………………」

そして、その隙をとがりは見逃さなかった。

彼女は何を思ったのか、海鳥たちに気を取られている女性店員の懐に入り込むと……その片方の掌を、素早い動きでつかみ取っていた。

「……えっ？」

手を握られて、ぎょっとしたように視線を下げる女性店員。「えっ？　えっ？　な、なんですか、あなた？」

「…………」

慌てふためく女性店員の表情を、とがりは手を握ったまま、無言で見上げている。

（……え？　本当になにやってるの、あの子？）

意味不明なのは、傍から見ている海鳥も同じだった。

女性店員にとがりの姿が見えている、ということは、つまり相手に対して、例のテレパシーを送っているということなのだろうが……。

「あ、あの、お客様……？」

まったく訳は分かっていないのだろうが、それでもとがりのような可愛らしい少女に手を握られた上、至近距離でじっと見つめられて、思わず恥ずかしそうに赤面してしまう女性店員——そんな彼女に対して、とがりはにっこりと微笑んで、

「ごめんなさい、おねーさん——ちょっとだけチクっとしますね？」

「え？」

そして、次の瞬間だった。

「——あびゃびゃびゃびゃびゃっ!?」

女性店員の口から、奇声が上がっていた。

およそ年若い女性の口から発せられたとは思えないような、奇声が上がっていた。

「…………え？」

呆然と声を漏らす海鳥。

彼女の眼前で、女性店員はがくがくと全身を痙攣させたのち、ややあって、その場に崩れ落ちる。

「ふふっ、どうやら上手く行ったみたいですね」

そんな女性店員の様子を見て、とがりは満足そうに息を吐いていた。「ほら、見てください東月ちゃん！　私、やってみせましたよ！」

「…………は？」

海鳥は訳も分からぬまま、とがりに促された先——女性店員の方へと視線を移す。

「…………」

地べたにへたり込んだ彼女は、なにやら脱力した様子で、呆然と虚空を眺めていた。

「……っ⁉　ちょ、ちょっと、とがりちゃん⁉」

海鳥はぎょっとしたように口元を押さえて、「な、なんなのそれ！　あなた、その人に一体なにしたの⁉」

「……？　なにって、テレパシーですけど」

「……は？」

「このおねーさんに、素直に質問に答えてもらうために——私のテレパシーで、脳みその奥の方をちょっとつつかせてもらっただけです」

「………??」

「まあ、言ってしまえば『びっくり』させただけなので、時間が経てばすぐに回復するでしょうけど……少なくとも今この瞬間は、もう個人情報がどうのなんて眠たいこと、彼女は言えなくなっている筈ですよ」

などと、とがりは得意そうに言いながら、地べたの女性店員の顔を覗き込むようにして、

「ねえ、おねーさん？　さっきとまったく同じ質問をしますけど……喰堂猟子さんの住所、教えていただけますか？」

「……あ、あ、ああああああ」

女性店員は、虚ろな表情で呻いていた。「……わ、わわ、私、知ってます……りょ、猟子ちゃんのおうち……！　な、ななな、何回か行ったことがあるので……！　と、とと、友達なのでぇ……！」

「……！　なんと、そうでしたか！　それは僥倖というものですね！」

女性店員の返答に、とがりはご機嫌な様子で頷く。そして、すぐに海鳥の方を振り向くと、ぱちぱちっ、と片方のまぶたを、数回ほど瞬かせてきた。

どうやら本人的には、ウインクのつもりらしい。

「ふっ、いかがです東月ちゃん？　御覧の通り、一滴の血も流さず、証拠も残さず——もとい、後遺症も残さず、とがりはやり遂げてみせました！　敗さんのような野蛮な嘘とは違う、筆記用具らしい、極めて文明的なやり方だったとは思いませんか!?」

「…………」

もちろん、海鳥（うみどり）は何も答えられない。

彼女は表情を引きつらせて、傍らの敗（やぶ）の方へ視線を向けていた。すると彼女も、やはり海鳥と似たような表情で、とがりの方を見つめている。

「……いや、残るんじゃないのか？　後遺症は」

「…………」

敗にそんな台詞（せりふ）を言わせるとは、よっぽどのことだ、と海鳥は思った。（これ、もしものときは、疾川（はやかわ）さんに連絡しないといけないかも……）

——しかし、そんな海鳥の心配とは裏腹に、女性店員の回復までには数分とかからなかった。海鳥たちの顔を見ても「……？」という顔をするだけで何も思い出せないなど、一部記憶に混乱も見られたものの、勤務には問題なく復帰できていたので、とりあえず大きな問題は起きていないらしい。

……起きていない筈（はず）、と海鳥は思うことにした。

かくして海鳥たちは、喰堂猟子（くどうりょうこ）の住所を入手したのだった。

3　とがりのキモチ

「へえ〜、旭川ね」

のんびりした口調で、海鳥は呟いていた。「旭川って、何が美味しいの？」

「うーん、旭川ラーメンとかじゃない？」

こちらも間延びした口調で、奈良は答えてくる。

「なんか札幌ラーメンとかにも、全然引けを取らない美味しさって話だよ。あくまで、ウチのパ――父親が言うには、だけど」

「ええと、奈良のお父さんの実家が旭川で、お母さんの実家が、確か鹿児島なんだっけ？」

「そうだね。指宿っていう、鹿児島の南の端っこだよ――旭川と鹿児島、二つの間を取って、おおよそ奈良県というわけさ」

無表情で、しかし冗談めかした声音で、奈良は言うのだった。「だからゴールデンウィークの期間中は、ほとんどをそっちで過ごす感じになるだろうね。神戸に帰ってくるのは、五月四日の夕方ごろかな」

「ふぅん、そうなんだ……それにしても、奈良は本当に家族仲がいいんだね。長期休みのたびに、そうやって家族みんなで旅行に出かけてるんでしょ？　私の母方の実家なんかとは、大違いって感じだよ」

「……そう？　別にウチは普通だと思うけどね」

奈良は淡々と言葉を返してくる。「ただ両親の旅行好きに、一人娘の私が付き合わされているってだけでさ」

「──失礼しまーす」

と、そんな二人の会話を遮るように、部屋のドアが開けられ、若い女性の声が響いてきていた。「お待たせしました！　ご注文のポテトをお持ち致しました──っ！」

が、そこまで元気よく言い切ったところで、その若い女性──制服姿のカラオケ店員は、ぎょっとしたようにその動きを止めてしまう。

「…………？」

トレイを手元に抱えたまま、室内のソファ席を凝視するカラオケ店員。

彼女の視線の先では、ブレザーの制服の、2人の女子高生が並んで腰かけている。

……否、並んで腰かけている、というのは、どう考えても正確な表現ではなかった。二人の内、ちゃんとソファに腰を下ろしているのは、黒髪の少女の方だけだからだ。

もう片方、赤髪の少女は、そんな黒髪の少女の太ももの上に、頭を置いている。

靴を脱ぎ、ソファに寝ころんで、黒髪の少女の太ももを枕にしている。

「…………なにか？」

そんな『太もも枕』の状態で、カラオケ店員に問いかける奈良。

ちなみにそんな彼女の片手は、近くにある海鳥の手首を、ぎゅーっ、と握りしめたままである。

「あっ、いえ、なんでもありません……し、失礼しました……！」

無表情の奈良に見上げられて、カラオケ店員はハッとしたように声を漏らしていた（といっても、垂れさがった海鳥の黒髪が邪魔をして、奈良の相貌をはっきりと窺うことは、彼女には出来なかっただろうが）。すぐに彼女は、トレイからフライドポテトの入ったバスケットだけを手に取ると、それを部屋のガラステーブルの上に置いて、

「そ、それでは、ごゆっくり……！」

と、怯えた声音で言いながら、逃げるように部屋を出て行ってしまう。

カラオケルーム内は、また先ほどまでと同じ、海鳥と奈良の二人きりになる。

……。……。

「――で。なんでこんな話を、今キミにしたかって言うとさ、海鳥」

そして、まるで何事もなかったかのように、奈良は先ほどまでの会話を再開させていた。

「くれぐれも心に留めておいてほしいんだけど――私が旅行でこの町を離れている間は、危ないことしちゃ駄目だからね？」

「……え？」

「まかり間違っても、次の〈嘘殺し〉とか、始めないでよね。ゴールデンウィーク期間中、私は前みたいに、キミを助けてあげられなくなるんだから」

念を押すような口調で、奈良は告げてくる。「私がどれだけキミのことを助けたいと

思っていたとしても、そんな私の都合だけで、旭川と神戸という物理的な距離が埋まることはないんだ。私に出来るのは、あくまで全人類の容姿を強制的に整形させることであって、1100㎞もの距離を一瞬で跳躍するワープとかじゃないからね。

だから次の〈嘘殺し〉の始動は、早くても、連休が明けてからにすること。分かったかい？」

「……ああ、うん。もちろん分かっているよ、奈良」

海鳥は、そんな奈良に対して、微笑みを湛えて頷き返す。「でたらめちゃんも、わざわざ奈良のいないときに、〈嘘殺し〉を始めようだなんて思わないだろうし……このゴールデンウィークは平和にバイトだけして過ごすから、安心して」

◇◇◇◇

喰堂猟子の住んでいるアパートは、件の食品スーパーから、徒歩圏内の距離にあるらしかった。

海鳥たちにとってはかなり好都合なことだったが、しかしそのスーパーを職場にしているというのだから、住所が近くて、むしろ何の不思議もない……『同僚とうっかり鉢合わせないように、バイト先はある程度距離の離れたところにしよう』などと考えるのは、海鳥のような少数派だけである。

ともかく住所が割れて、それも歩いていける距離だと言うのなら、喰堂猟子に会うための障害は、もはや何一つ存在しないと言えた。

海鳥たちはこれから、彼女の自宅を訪ねるのだ。

……。……。……。

そして、件の食品スーパー。買い物カートが大量に並んだ、駐車場前にて。

「なあ筆記用具」

駐車場の前に佇む敗が、そうぶっきらぼうに口を開いていた。

「今のうちに、お前に訊いておきたいことがあるのだが」

「……？　訊いておきたいこと？」

不思議そうにとがりは尋ね返す。

ちなみに今の彼女は、まだ青髪少女の姿を保ったままである。

「なんですか？　出来れば私、あなたとはあんまり口を利きたくないのですけど」

二人きり、だった。

正確にはでたらめちゃんが敗の背中におぶわれているものの、彼女は意識を失っているので、ほぼいないも同然である。

……ただ一人、姿が見えない海鳥は、今はスーパーの中だった。より正確に言えば、スーパーの女子トイレの中だ。

「まあ、そう言うな筆記用具。私がしたいのは、ただの『確認』だ」

「……？」

「我々は今から、喰堂猟子の自宅に向かう。そして喰堂猟子が『サラダ油の〈嘘憑き〉』だった場合、これを処理する——わけだが、お前は本当に、それで構わないのか？」

「……？　構わないに決まっているじゃないですか？」

怪訝そうな顔で、とがりは即答していた。「とにかく『サラダ油の〈嘘憑き〉』さんをどうにかしないことには、でたらめちゃんさんを助けることは出来ないんですから」

「……確かに、それはそうだが」

と、そこで敗は、彼女にしては珍しく、なにやら言い淀むようにして、

「お前、まさか理解できてないわけじゃないよな？　『サラダ油の〈嘘憑き〉』の嘘を、我々が殺すということは——その嘘によって発生している現象のすべても、なかったことになるということだぞ？

　つまり、例えば前回、私の海鳥東月に与えた致命傷が、綺麗さっぱり消えたのと同じように、『サラダ油の〈嘘憑き〉』によって生み出されたのだろうお前も、『そう』なるということだ。もう一度訊くが、お前は本当に、それで構わないと？」

「…………へえ」

　と、若干の沈黙ののち、とがりは意外そうに声を発していた。

「これは驚きましたね。まさかあの敗さんが、私の身を慮ってくださるだなんて。一体どういう風の吹き回しですか？」

「……勘違いするな。私はただ、不確定要素を排除しておきたいというだけだ。土壇場で、

『死にたくないから〈嘘殺し〉を思いとどまってほしい』などと言われて、困るのは私だからな」

「……そういうことなら、別に心配していただかなくても大丈夫ですよ、敗さん。私、その覚悟なら、もうとっくに決まっていますから」

「…………！」

　と、そんなとがりの言葉に、敗は驚いた様子で、目を見開いて、

「……覚悟は決まっている？　つまりお前は、せっかく獲得できた自我が、命が、惜しくはないということか？」

「……別にそこまでは言いませんけど」

　とがりは面倒くさそうに息をついて、

「そもそも、それは言っても仕方のない話じゃないですか、敗さん。少なくとも、『サラダ油の〈嘘憑き〉』が私たちの敵である時点で、私の消滅は、避けようのない運命のようなものなのですから。それともまさか、私に命惜しさに、東月ちゃんを裏切ってほしいと？」

「……いや、そういうわけではないが」

「それにね、敗さん。私、そもそも最初から、このまま東月ちゃんの近くにい続けよう、なんて気持ちは微塵もありませんでしたよ」

「……なに？」

「だって鉛筆はもう、東月ちゃんにとって、不必要な存在ですからね」

「……不必要？　どういう意味だ？」

「そのままの意味です。あんまり私を見くびらないでくださいよ、敗(やぶ)さん。私はこの1年間、誰よりも近くで、東月(とうげつ)ちゃんのことを見守り続けてきました。なので東月ちゃんのことに関しては、芳乃(よしの)ちゃんより、当然でたらめちゃんさんよりも詳しいという自負があります。

だからこそ、私ははっきりと断言することが出来るのです——東月ちゃんは、もう鉛筆なんか持っているべきじゃないんだって」

「…………」

「私は所詮、代償行為のための道具に過ぎないんです。私と一緒にいて、私を食べて、東月ちゃんが得られるのは、嘘(うそ)の幸せでしかありません。

ほんの二週間前まで、私は東月ちゃんにとって一番大切な宝物だったかもしれません。でも、今はもう、そうじゃないんです」

きっぱりと、有無を言わせないような強い口調で、とがりは言い切っていた。

「東月ちゃんは今朝、自分の意志で、鉛筆(わたし)を土葬しました。過去と決別しました。だとしたら、もうそれがすべての答えなんですよ、敗さん。

私はさっき、東月ちゃん本人に対しては、『埋められて悲しかった』なんて言いましたけど……本当はね、それ以上に、すごく嬉(うれ)しかったんです。『ああ、東月ちゃんはやっと、私を食べるのをやめてくれたんだ。私を捨てて、前に踏み出してくれたんだ』って」

「…………」

「そしてそれは、きっと東月ちゃん一人では、一生かけてもたどり着けなかった答えだったのでしょう。よくも悪くも、東月ちゃんの鉛筆泥棒は、まるで破綻する気配がありませんでしたし——あの優しい東月ちゃんが、ずっと大切にしていた私を捨てるなんていう決断を、自分だけで下せる筈ないですからね。

　どこかのネコさんに、背中を押してでも貰わない限り、ね」

「…………」

「……勘違いしないでくださいよ？　私は今も、その人のことは大っ嫌いなままです。今こうして、あなたにおんぶされているその人の姿を、そのあざと〜い寝顔を見ているだけでも、全身に虫唾が走るようです。もしも私に本当の手足が生えていたなら、まず間違いなく、その人の寝顔に油性マジックで落書きをしまくっていたことでしょう。

　ただ同時に、こうも思うというだけのことなのです——あんな風にはっきり、『鉛筆を捨てなさい』と言ってくれる人が、東月ちゃんのパートナーで本当に良かったって」

「…………」

「でたらめちゃんさんが、東月ちゃんの鉛筆泥棒を終わらせてくれたこと。でたらめちゃんさんが、東月ちゃんに私を捨てるように促してくれたこと。私はその二点に関してだけは、その人には本当に、心の底から感謝しているんです……こんなこと、その人や東月ちゃんの聞いているところでは、絶対に言いたくありませんけど」

「……意味が分からんな」

と、しばらく無言でとがりの話に聞き入っていた敗は、久しぶりに口を開いて、

「まったく共感のできん考え方だ。自分を捨てるように唆した相手に対して、感謝の念を持つなどと」

「……そうですね。私も、馬鹿げていると思います。でもしょうがないじゃないですか、思ってしまったものは」

とがりはくたびれたように息を吐いて、

「だから私、本当は自我が芽生えたという事実自体、東月ちゃんに伝えるつもりはありませんでした。もしも言ってしまえば、それだけで優しい東月ちゃんは、絶対に私を捨てられなくなってしまいます。東月ちゃんのせっかくの決断が、台無しになってしまいます。これ以上東月ちゃんの重荷にならないために、私は沈黙を保ったまま、あの子の前から消えることを決意したのです……」

「……？　ではなぜ、テレパシーを送ったのだ？」

怪訝そうに敗は尋ねる。

「さっき奴から聞かされた説明と、随分と食い違うようだが。お前は、生き埋めの辛さに堪えかねて、土の中から救い出してほしくて、テレパシーを送ったのではなかったか？」

「……ふふっ、まあ、救いを求めたというのは、あながち間違いでもありませんけどね」

そんな問いかけに、とがりは肩を竦めるようにして、

「——ただ、生き埋めの辛さに堪えかねて、というのは、ちょっと違いますね。確かに東月ちゃんにはそういう説明をしましたし、地中の暗さ、狭さ、心細さ、そこら中にいるミミズの気色悪さに、心の底から辟易（へきえき）したのは事実ですけど。

　そんなものよりもまず、生き埋めにされた私に襲い掛かってきたのは、強烈な眠気でしたから」

「……はあ？　眠気だと？」

「ええ、なぜだか急に眠くなったんです。東月ちゃんに埋められて、数分と経（た）たない内にね」

「……⁇」

「なぜ眠くなったのか、はっきりとした理由は今も分かっていませんけど……それでも私は、なんとなくの感覚で理解していました。多分このまま眠ってしまったら、私はもう二度と、目覚めることはないんだろうって。東月ちゃんに埋められたことで、私の自我を成り立たせていた、なにかとても重要なものが、すっかり失われてしまったんだろうって」

「…………」

「とはいえその眠気は、そんなに恐ろしいものでもなく、むしろ心地のいいまどろみのような感覚でした。『こんな風に終わるのなら、別に悪くもないかもしれない』……そう思いながら、私は確かにそのとき、自我を手放そうとしていました」

「…………」

「……手放そうとしていた、のですが」

そこでとがりは、なにやら決まりが悪そうに視線を泳がせて、「……ええ、本当に情けない話ですよ。私はね、敗さん。意識を絶たれる寸前、最後の最後に、気づいてしまったんです。私の中に、たった一つだけ『未練』が残っていることに」

「……？　『未練』？」

「はい――たった一晩でいいから、東月ちゃんとお話してみたい、という『未練』です」

ふるふる、ととがりは首を左右に振って、

「せっかく喋れるようになったんだから、最後に一度くらい、東月ちゃんと言葉を交わしてみたい。今までの私は物言わぬ鉛筆で、東月ちゃんにいくら『大好きだよ』と言われても、何も言葉を返すことが出来なかったけれど、『私もあなたのことが大好きだよ！』『あなたと一緒にいられて、私も幸せだったよ！』って、東月ちゃんに伝えてあげたい。とにかくたくさん、東月ちゃんに感謝を伝えたい――なんて、私はそんなことを、自分勝手にも考えてしまったんです」

「……。だからテレパシーを送ったと？」

とがりの横顔を眺めながら、敗は無表情で問いかける。

「つまり――お前の目的は最初から、土から掘り出されることでも、この先生きていくことでもなく、海鳥東月と話すことだったと。そしてお前は、もうその目的を達成できたのだから、もはや自分が消滅することになんの躊躇いもないと。

……否(いな)、躊躇いがないどころではなく、お前は海鳥東月のために、むしろ自分から消えたいと、消えるべきだと思っていると。そういうわけか？」

「……我ながら、あまりに虫の良い話をしている自覚はありますけどね」

自嘲気味な笑みをこぼしつつ、とがりは言う。

「私という存在を知った時点で、私が消えれば、優しい東月ちゃんはきっと悲しい思いをしてしまうでしょう。私はとにかく、黙っていなくなるべきだったんです。本当に東月ちゃんのことだけを思うならね」

「………」

「だから私は、その失点を帳消しにするために、今回の〈嘘殺し(うそごろし)〉を頑張ろうと思っています……今夜、最後にもう一度だけ東月ちゃんの役に立って、私はあの子の前から消えるのです。

もしもそのせいで、東月ちゃんが落ち込んでしまうとしても、きっと大丈夫な筈(はず)です。だって今の彼女の傍(そば)にはもう、芳乃(よしの)ちゃんや、でたらめちゃんさんがいるんですから……」

「……なるほどな」

ややあって、とがりの語りを聞き終えた敗は、ゆっくりと頷(うなず)き返して、

「話はおおよそ理解した。まあ、私は別にお前が生きようと死のうと、心の底からどうでもいいから、精々好きにしろ……と、言いたいところだが。しかし、一つだけ気になる点があるな」

「……？　気になる点？」

「お前自身に、恐怖はないのか？」

「……え？」

「海鳥東月のために消滅を選ぶ、というのはあくまでも、海鳥東月のための行動でしかないだろう。お前自身は、自分の『自我』が消えるということを、どう考えている？」

「…………」

そんな敗の問いかけに、とがりは虚を突かれたように、目を見開いていた。

「……………っ！　そ、それはっ！」

ややあって、そんな明らかに動揺したような声音が、彼女の口から漏れる。

「わ、わざわざ、答える必要のない質問だと思います……！　私の内心がどうあれ、私の決意が揺らぐことなんて、絶対にあり得ないんですから……！」

「…………」

「……と、というか、そんなどうでもいい話はともかくですね、敗さん！　今の話、東月ちゃんには絶対に内緒にしておいてくださいよ⁉」

東月ちゃん、今はでたらめちゃんさんのことでいっぱいいっぱいで、私のことについては、まだ気づいていないんだと思いますから……わざわざ私たちの方から、それに気づかせる必要はないでしょう。東月ちゃんに迷いのようなものが生じてしまえば、〈嘘殺し〉の成功率だって、きっと下がってしまいます」

「……確かに、あの海鳥東月が今のお前の話を、素直に受け入れるとはとても思えんな」

「でしょう？　つまりそういうわけです、敗さん。敗さんは、そこら辺のことなら合理的に判断してくれると思ったからこそ、私も素直にあなたの質問に答えたんです。くれぐれもお願いしますよ？　今の話は、あくまでもここだけ、ということで」

「…………」

……。そこで、二人の会話は完全に途切れた。

そして、それから間もなくして、海鳥がその場に戻ってくる。

「ご、ごめんなさい、お待たせしちゃって！」

とたとた、と小走りで駐車場前まで駆け寄ってきた海鳥は、二人に対して、申し訳なさそうに頭を下げていた。「ちょっと女子トイレが混んでて……！」

「はあ、本当ですよ、東月ちゃん」

やれやれ、と肩を竦めるようにしながら、とがりは言う。

「いくらお花摘みのためとはいえ、よりにもよってこんな人と、二人きりにされてしまうだなんて。あまりに重苦しい沈黙に、息が詰まるかと思いましたね」

「……っ！　ご、ごめんね、とがりちゃん。でも、敗さんだってわざわざあなたを持ってくれていたわけだし、そんな言い方しなくても——」

「ふんっ。別に敗さんは、私たちに何を言われたところで、気になんかしませんよ。そもそも私たちに興味がないんですから」

「さあ、そういうわけです敗さん。早く私の身体を、東月ちゃんの方に戻してください」

億劫そうにとがりは言いつつ、敗の方を振り向いて、

「…………」

「……？　敗さん？」

しかし敗は、そんなとがりの呼びかけにも、何一つ反応を示さなかった。

彼女はとがりを完全に無視して、たった今駆け寄ってきた海鳥の方だけを、一点に見据えている。

「——ところで、海鳥東月」そこで敗は口を開いて、「この筆記用具は、今回の〈嘘殺し〉で、敵の嘘もろとも死ぬつもりらしいぞ？」

そう、堂々と呟いていた。

「……………なっ!?」

若干の間の後、ぎょっとしたようなとがりの声が上がる。

「なっ、なっ、なっ、なっ……」

「…………え？」

「たった今、お前が席を外している間に、そこの筆記用具から直接聞いたことだ」

呆けたように固まる海鳥に対して、敗は憮然とした面持ちで告げてくる。

「『サラダ油の〈嘘憑き〉』をこのまま討伐した場合、『サラダ油の〈嘘憑き〉』によって存在を成り立たせているこの筆記用具も当然消滅することになるわけだが……お前はそれで

もいいのか？　と尋ねたところ、こいつは構わないと答えてきた。お前の役に立って死ねるのなら、それで本望なのだとさ」

「…………」

「なぜなら自分という存在は、海鳥東月という人間にとって、もはや不必要な存在だから、らしい。

　所詮は代償行為のための道具にしかすぎない自分を、海鳥東月はこれ以上持っているべきではない。主人が自分を捨てるという決断を下せたのなら、自分はそれを覆したくない。土の中からテレパシーを送ったのも、本当は助けてほしかったからではなく、お前と最後に話したかったからで、それを無事に果たすことが出来たから、もう未練はない——などということを、さっきこの鉛筆は、私の前でベラベラと語り続けていたぞ」

「……………」

「……〰〰っ！　ちょ、ちょっと敗さんっ！」

　と、そこまで話されたところで、堪りかねたようにとがりは叫んでいた。「待ってください！　なんで全部、東月ちゃんに普通に喋っちゃってるんですか⁉　私、内緒にしてくださいって、ついさっき言いましたよね⁉」

「……ああ、言われたな」

　対して敗は、悪びれた様子もなく、とがりを見返して、

「だから、それを無視した」

「……はあ!?」

「勘違いするなよ筆記用具。私は別にお前が生きようと死のうと、本当に心の底からどうでもいいのだ——しかし、もしもお前という不確定要素のせいで、〈嘘殺し〉の成功率が下がるというのなら、私はそれに対処せねばならん。このネコのためにな」

「…………?」

「さっきのお前の話を、海鳥東月が素直に聞くとはとても思えない——そしてそれは、今この場であっても、〈嘘殺し〉の佳境であっても同じことだ。

いよいよ敵の嘘を仕留めるというところで、『やっぱり〈嘘殺し〉をやめてほしい』などと言われて困るのは私だと、さっきも言ったな? 少なくともお前と海鳥東月の間で、それらしい揉め事が発生するのは目に見えていた。だから、そのとき揉めさせないために、今揉めさせることにしたのだ」

敗はくだらなそうに息をついて、

「なによりお前自身、完全に死を覚悟しているというならともかく……どうやら先ほどの受け答えを見る限り、普通に死を恐れていて、その恐怖心に無理やり蓋をしているだけという様子だったからな。土壇場になれば、そんな誤魔化しなど利かなくなり、浅ましく生にしがみつこうとするのは火を見るより明らかだろう。そのような『偽物』をアテには出来ん」

「……っ!? ちょっ、ば、馬鹿なこと言わないでくださいよ、敗さん! 土壇場で生にしがみつくって、私はそんなみっともないこと、絶対にしませんってば――」

「お前の意見など最初から聞いていない。あくまで私がどう判断するかという話だ――ともかく、さっきお前の語った『自己犠牲計画』には、あまりにも不確定要素が多すぎる。だから今、存分に海鳥東月と揉めろ、筆記用具。お前の処遇をどうすべきか、お前たちが納得できる答えを、さっさと導き出せ。もしもどうしてもこの世から消え去りたいというなら、この場で海鳥東月を説得すれば済むことだ……私は別に、お前が最終的にどうなろうと何も困らんし、どうでもいいのだがな」

「……～～～っ！」

と、面倒くさそうに捲し立ててきた敗の横顔を、とがりは刺すような目つきで睨み付けていた。「……この、カス女～！　なんてことしてくれやがったんですか！　こ、これでもう私は、東月ちゃんに対して言い逃れのしようが――」

……が、そこまで言ったところで、とがりは不意に、ハッとしたように口をつぐんでいた。

「……………」

とがりが敗に向けるそれより、遥かに寒々しい視線が、彼女の身体に突き刺さっている。

「…………」

「……と、東月ちゃん」

恐る恐る、という風に、その視線の主に対して、呼びかけるとがり。

「………とがりちゃん」

果たして、たっぷりと時間をかけたあと、海鳥（うみどり）は口を開いていた。

──およそ普段の彼女からは絶対に聞こえてこないだろう、芯まで凍り付くような、低い声音で。

「今の敗（やぶ）さんの話、本当なの？」

「え？」

「今、敗さんが教えてくれたようなことを、あなたは本当に、敗さんに対して答えたの？」

「………え、ええと」

真顔の海鳥に問いかけられて、気まずそうに視線を逸（そ）らすとがりだった。

「……ほ、本当ですけど。でも、聞いてください東月（とうげつ）ちゃん。私は鉛筆の神様に誓って、この人が言っていたような『死への恐怖』なんて、欠片（かけら）も持って──」

ばちんっ！

と、とがりが言葉を言い終わる前に、海鳥の平手打ちが飛ぶ。

「……え？」

ばちんっ！

ばちんっ！

平手打ちは一度だけではなかった。

何度も、何度も、何度も。

海鳥は真顔のまま、とがりの頬を、ばちんっ！　ばちんっ！　と叩き続けていく。

「……っ！　ちょ、ちょっと東月ちゃん!?」流石に堪りかねたように、とがりは叫んでいた。「ど、どうしたんですか!?　やめてください！　怖いです！」

「…………」

その一言で、ようやく海鳥の平手打ちが止まっていた。

彼女は掌を振りかざしたまま、やはり無表情で、とがりの方を見据えていたが……。

「――ごめんっ、とがりちゃん！」

――ぱしんっ、と、その両掌が、海鳥の顔の前で合わさる。「本当に、本当にごめんなさい……！」

「……え？」

「私、あなたがそんな風に思い詰めていたなんてこと、ぜんぜん気づけなくて……！　私がちゃんと『説明』してなかったせいで、不安にさせちゃってたんだよね？」

「…………は？」

ぽかん、と口を開けて、固まるとがり。「……『説明』？」

「……うん、謝って済むことじゃないよ。いくらでたらめちゃんのことで頭がいっぱいだったとはいえ、とがりちゃんにしてみれば、自分の生き死にに関わる凄く重要な問題なのに。

とがりちゃんを助ける方法を、私がとっくに思いついていることを——とがりちゃん本人に伝えるのを、うっかり忘れちゃってたなんて。本当に最悪すぎて、言い訳のしようもないよ、私……」

「…………はあ？」

殴られた頬を押さえつつ、とがりは当惑の視線を海鳥に向け返す。「……な、なに言っているんですか、東月ちゃん？　私を助ける方法？」

「……うん。まあ助ける方法というか、『サラダ油の〈嘘憑き〉』さんの事件を解決した後も、私たちがずっと一緒にいられる方法、と言い換えるべきかもしれないけどね」

ぽりぽり、と頬を掻きつつ、海鳥は言う。

「とがりちゃんからすれば、あんまり嬉しくない方法だと思うけどね。なにせ世界で一番大嫌いな相手の、『お腹の中』で暮らすことを強いられるわけだからさ」

「…………は？」

「つまり、とがりちゃんの身体を、でたらめちゃんに食べさせるって方法なんだけど」

「……!?」

途端、とがりは衝撃を受けたように、その頬を引きつらせていた。「……な、なんですって？　私を、でたらめちゃんさんに、食べさせる？」

「うん。だって、それなら全部解決でしょ？　とがりちゃん。『サラダ油の〈嘘憑き〉』さんの嘘がいないと、とがりちゃんが生きられないっていうんならさ——『サラダ油の〈嘘憑き〉』さんの嘘ごと、でたらめちゃんに食べてもらえばいいんだよ。

2週間前の、敗さんと同じようにね」

言いながら海鳥は、ちらり、と敗の方に視線を移して、

「ねえ、可能ですよね、敗さん？　実際に、でたらめちゃんに食べられたあなたも、今は何の問題もなく元気に過ごしているみたいですし」

「………………。まあ、どうとでもなるだろうな」

果たして、敗はつまらなそうに答えてくる。

「例えば前回、私がお前に与えた致命傷は、私自身がこのネコに食われたせいで、綺麗さっぱり消え失せた。しかし私の『相手に傷を与える能力』は、ネコに食われた今も、健在のままだ。

つまりこのネコは、嘘の成果物であるその筆記用具を、取り込むのか取り込まないのか、好きに選ぶことが出来る、というわけだ。もっとも、そんな得体の知れん筆記用具をわざわざ取り込んだところで、一体なんのメリットがあるのか、私には見当もつかんが」

「……いや、メリットならあるでしょ。とがりちゃんの『テレパシー』、対〈嘘憑き〉用の武器として見るなら、かなり強力だと思いますし。

なによりメリットとか関係なく、このままとがりちゃんを消滅させてしまうとか、普通にないですからね、私的に」

「…………」

そんな風に語る海鳥のことを、とがりは、呆然とした面持ちで見つめている。

「だから本当にごめんね、とがりちゃん。私は最初から、あなたにそんな自己犠牲を強いるつもりなんて、これっぽっちもなかったの。最初から、あなたを助けるつもりしかなかったの。だけど、でたらめちゃんが気絶したり色々あったせいで、そのことを伝えそびれちゃってて……」

「……なんでですか？」

「……え？」

「なんで、そんな風に私を助けようとするんですか、東月ちゃん？　私、もう東月ちゃんにとって、いらない存在な筈なのに……」

悲嘆に暮れたような声で、とがりは言う。

「確かに、でたらめちゃんさんに食べてもらえば、私が助かるかもしれないという理屈は、理解できました……でも、そもそものことを思い出してください。東月ちゃんは今朝、私を土に埋めましたよね？　過去と決別したんですよね？」

「…………」

「それならもう、私は東月ちゃんにとって、不要な存在なんです。これ以上、一緒にいてはいけないんです。どうしてそれが分からないんですか、東月ちゃん？　こんな、ちょっと鉛筆に人格が芽生えたくらいで決意を変えてしまったら、せっかく今朝つけられていた筈のケジメが、台無しに——」

「決意を変えることの何がいけないの？」

と、そんなとがりの言葉を遮るように、海鳥はぴしゃりと言い放っていた。

「……え？」

「昔と考えを変えることの、一体なにがいけないの？　少なくとも、あなたを生き埋めにした今朝の私は、もうこの世にはいないんだけど？」

とがりの目を真っ直ぐに見据えて、海鳥は問いかける。

「確かにとがりちゃんの言う通り、私はでたらめちゃんに説得されて、鉛筆を捨てようって思ったよ？　もう私は鉛筆を持っているべきじゃない、ケジメをつけるべきだって。あの時点で、その選択が間違っていたとも思わない。誰になんと言われようとね。

——ただ、もう『今の私』はそんなこと思っていないから。考えが変わったから、とがりちゃんを絶対に手放さないってだけの話なんだよ。やっぱり、誰になんと言われようと」

「…………っ」

ぎゅっ、とジャンパースカートの裾を握りしめるようにしながら、とがりは海鳥を睨んで、「……それは、私が女の子になったからですか⁉　ただの鉛筆じゃなくて、物を言う鉛筆を生き埋めにするのは後味が良くないから、捨てるのが嫌になったってことですか⁉」

「……うん。まあ正直、それも理由じゃないと言えば嘘になるんだけどさ」

海鳥は苦笑いをして答える。「でも、じゃあその理由だけなのかと言えば、やっぱりそれも嘘になるよ。だって私、思い、い、い出しちゃ、っ、たん、だも、の」

「……え？」

「毎日あなたに喋りかけていたこと。毎日あなたにキスをしていたこと。毎日あなたという存在に、とてもとても救われていたこと。私はそれを覚えていたようで、実は忘れてしまっていたんだね。でも、今日あなたと話せたことで、それを全部思い出せたから」

「………」

「今ならでたらめちゃんに何を言われたって、私はあなたを手放したりしないよ。そもそも、あなたを持ち続けていたくらいで、今さら奈良との絆が切れるわけないんだし。なによりとがりちゃん。あなたはやたら、私が今朝あなたを埋めたって事実に拘っているみたいだけど――」

そこで海鳥は、ふう、と脱力したように息を漏らして、

「そんなの、何の意味もないことでしょ。だって何日かしたら、私はまた、あなたのことを掘り起こしていたかもしれないんだから」

「……っ！　な、なんなんですか、それ！」

そんな海鳥の一言に、とがりは顔を真っ赤にして、言葉を返していた。「そ、そんなの屁理屈です！　開き直りです！　とにかくとにかくとにかく、私という存在は、なにがあろうと絶対に、東月ちゃんのためにはならないんです……！　だから東月ちゃんは、私を捨ててしまうべきなんです……！　捨てないといけないんです……！」

「……だから、それは私が決めることだってば、とがりちゃん」

対して海鳥は、あくまでも優しい声音で、とがりに語り掛ける。「っていうか、私のため、とかじゃなくてさ。とがりちゃん自身は、どうしたいと思っているの？」

「……え？」

「とがりちゃんは、もう私と、一緒にいたくないの？」

「…………っ！」

瞬間、とがりの表情がくしゃくしゃに歪む。「……っ！　そ、そんなのぉ！　私だって本当は東月ちゃんと、ずっとずっと、一緒にいたいに決まって……！」

「うん。じゃあ、それが答えだよね」

にっこりと笑って、海鳥は頷き返していた。

「だったらもう、『私は捨てられてもいい』とか、二度と言わないで。私、しょうもない嘘を吐く子は嫌いだよ、とがりちゃん」

「…………っ！」

と、そんなトドメの一言に、とがりは感極まったように、全身を打ち震わせていた。

「……と、と、東月ちゃんっ！」彼女はそのまま、正面の海鳥に思い切り抱き着いていこうとして、

「待って」

しかし海鳥は、掌を正面に突き出すようにして、そんなとがりの動きを制していた。

「……え？」

「…………」

海鳥(うみどり)は無言で、ふるふる、と首を左右に振りつつ――横合いに突っ立っていた敗(やぶ)の手元から、とがりの『本体』のビニール袋を、無造作にぶんどってくる。

そしてそのビニール袋を自らの胸元で、愛(いと)おしそうに抱きしめていた。

ぎゅううううう。

「……っ！　う、うわあああああ！　東月(とうげつ)ちゃんっ！　東月ちゃんっ！」

ぽろぽろ、と両目から大粒の涙を流しながら、とがり（幻影）もまた海鳥に抱き着いて、とがり（本体）を、お互いの身体(からだ)で挟み込むようにする。

海鳥ととがり（本体）ととがり（幻影）による、ミルフィーユ・ハグだった。

「…………茶番だな」

果たして、そんな彼女たちの有様を見つめながら、敗は心底くだらなそうに呟(つぶや)くのだった。

4　喰堂猟子（くどうりょうこ）のサラサラな日常

……などと、海鳥たちがスーパーでそんなやり取りを繰り広げている、少し前のこと。

あるアパートの一室にて、一人の少女が、敷布団の上ですやすやと寝息を立てていた。

その髪の色はオレンジ。

身長は135㎝ほどで、体重は40㎏にも満たないだろう、小柄な体躯（たいく）。

ダボダボのトレーナーに、下はショーツ一枚という格好（かっこう）で、幸せそうに爆睡している。

「……すー、すー」

「すー、すー、すー……」

——と、そんな少女が寝息とともに身体を動かすたび、彼女の胸元から、『ちゃぽちゃぽ』という水音が響いてくる。

見ると、彼女の胸元には、なにやら透明のボトルが抱えられているようだった。

その内部に満たされているのは、黄透明の液体。

そして、その表面に貼り付いているのは、『健康！　さらっさらサラダ油』というラベルである。

「……えへへ」

やはり幸せそうな寝顔のまま、そんなサラダ油のボトルを、ぎゅううううっ、と抱きしめている少女。

それは、まるで大切な人形を抱きしめて眠る、幼子のような姿だった。

「……ねえ、ちょっと、猟子（りょうこ）」

と、そんなときだった。

「ちょっと、猟子！　いい加減に起きな！」

敷布団の中から、唐突に、声が響いてくる。

少女の声音である。

「今、何時だと思ってるんだい！　昼寝するにしても、限度ってものがあるよ！」

「……うーん？」

そんなけたたましい怒鳴り声に、少女はぱちり、とまぶたを開いて、

「……んだよぉ。そんな怒鳴って起こさなくてもいいだろぉ、サラ子」

不満げに言いながら、まぶたをこすり、敷布団から身体（からだ）を起こしていた。

そして、ぼさぼさになった自らの髪の毛を掻（か）きつつ、敷布団の上に寝ころんだままの――サラダ油のボトルを睨み付けて、

「今日は久しぶりにバイト休みなんだからよぉ……たまの休みの日くらい、好きに昼寝させてくれよなぁ……」

「……あんたねぇ！」

眠たそうな少女の声音に、サラダ油は、大きく息を吸い込んで、

「何をだらしのないことを言っているんだい！　大体、今はもうお昼でもないよ！　外はもう真っ暗だよ！」

と、少女を思い切り叱りつけていた。「ほら、起きたんならさっさと顔を洗いな！　二度寝なんて許さないからね、あたしは！」

「……うっせ～な。いつもいつも、あたしの母ちゃんかよ、お前はよ～」

少女――喰堂猟子はうんざりしたように言いつつも、サラダ油に促されるまま立ち上がり、洗面所の方へ向けて歩き始める。

床の上はかなり散らかっており、脱ぎ捨てられた衣服や空のペットボトルなどで、足の踏み場もない状態である……が、普段からその足場に慣れているのか、喰堂は特に躓くこともなく、あっさりと洗面所へたどり着いてしまう。

「あ～、腹減った～。朝飯なんにすっかな～」

歯を磨き、顔を濯ぎ、肌に化粧水と乳液をぺたぺたと塗りたくりながら、眠そうな声で呟く喰堂。「今から作んのも面倒くせーし、カップ麺とかでいいか、とりあえずは」

「……ねえ、ちょっと猟子」

そんな喰堂の後方から、サラダ油がまたも言葉をかけてくる。「分かってんだろうね、あんた？　顔を洗い終わったら、ごはん食べる前に、その『下』ちゃんとしなきゃ駄目だよ？」

「……あー？」

指摘を受けて、喰堂は今初めて気が付いたという風に、ショーツしか穿いていない自らの下半身を見下ろして、「……？　いや別にいいだろ、この格好でも。お前以外に、誰に見られるわけでもねーんだしよ」

「……はあ？　あほかいあんたは。いいわけないだろ」

と、そんなあくび交じりの喰堂の返答に、サラダ油はまたも声を荒らげていた。

「いいからさっさとズボンを穿きな！　二十歳にもなって、だらしのない……！　普段からそんなだからあんたは、部屋だっていつまで経っても片付けられないんだよ！　大体、そんな格好でうろうろして、風邪でも引いたらどうするつもりだい!?」

「…………っ！　う、うっせーな、お前は本当、いちいち！」

サラダ油の一喝に、喰堂は頬を膨らませて、「分かったよ！　穿きゃあいいんだろ、穿きゃあ！」

言いながら、床に放置されていた、やはりダボダボのスウェットを無造作につかみ取っていた。

「……ったくよぉ！　あたしはズボン穿かないだけで風邪ひくような、やわな女じゃねーんだよなぁ。口のうるせー同居人を持つと、本当苦労するぜ」

そして、喰堂はそんな風にぶつぶつ文句を垂れつつも、言われた通りにスウェットを穿き終える……するとサラダ油は、そこでようやく満足したように息を漏らして、

「そうそう、最初から素直に言うこと聞いときゃあいいんだよ……苦労するって、それは

こっちの台詞だよ。こんなに手のかかる同居人に、毎日小言を言わされるのはね」

……。人間の女性と、サラダ油が、部屋の中で普通に会話をしている。

異様な光景である。

しかしこの光景こそ、『サラダ油売りの少女』喰堂猟子にとっての、いつもの日常なのだった。

◇◇◇◇

その後。

だぼだぼのトレーナーとスウェットから、外出用の私服に着替えた喰堂は、髪も一つ結びにした状態で、夜の町へと繰り出していた。

夜の町、とはいっても、行先はいすずの宮の住宅街である。

時刻は19時を少し回ったところ。住宅街の通りには、帰宅途中の学生や会社員などの姿が、ちらほらと見受けられる。

そんな住宅街を、喰堂猟子はただ一人突っ切っていく。

がらがら、がらがらと、車輪の回る音を鳴らしながら。

「……は？　なんだあれ？」「……屋台？」「おい、ちょっと見てみろよ。女の子が屋台引いてるぞ？」「え～、珍し～」

喰堂の姿を見て、ひそひそ、と好奇の囁き声を漏らす通行人たち。

彼女がその背後に引いているのは、木造の屋根、大きな二つの車輪、赤ちょうちん、販売台、等々で構成された、古めかしい屋台である。ただの住宅街で、小柄な少女がそんなものを引いて歩いているのだから、注目を集めない筈もない。

が、最初は純粋な興味で喰堂に視線を向けてきていた通行人たちも、屋台の中身を確認するや否や、徐々にその顔色を変えていき、

「……え？　あの屋台に積まれているの、なんだ？」「透明のボトル？」「……サラダ油？」「ちょうちんにサラダ油って書いてあるぞ？」「サラダ油の屋台？　なんだそれ？」

彼らの視線をくぎ付けにしているのは、屋台の内部である。

より正確に言うなら、ちゃぽちゃぽ、と微かに水音を鳴らし続ける、整然と陳列された、計20本ほどのサラダ油群。

「いらんかね～、いらんかね～、サラダ油はいらんかね～」

そんな屋台を引きながら、喰堂猟子は、元気よく通行人たちに呼びかけるのだった。

……途端、通行人たちは喰堂から視線を切って、そそくさとその場から離れていく。どうやら彼女のことを変人と認識し、関わり合いになるまいと判断したらしい。

その後も、どれだけ住宅街を練り歩こうと、どれだけの通行人とすれ違おうと、視線を向けられるのは最初だけで、最終的に蜘蛛の子を散らすように逃げられる、というのは変わらなかった。

やがて、屋台を引き始めてしばらく経ったところで、喰堂は道の端で立ち止まって、

「……は～。久しぶりに屋台引いてみたけど、やっぱぜんぜん売れねーわな」

と、そう切なそうに呟いていた。「みんな、もうちょい興味持ってくれてもいいのによ～。定価の10分の1だぜ、10分の1」

「……あたしはむしろ、その値段が、うさん臭さに拍車をかけているような気もするんだけどね」

そんな彼女の背後から、呆れたような口調で、少女の声音が響いてくる。

サラダ油である。

「だって、自分が買い手だと思って考えてごらんよ。何の説明もなく、『ウチの商品は定価の10分の1です』なんて言われて、信用できるかい？　ただでさえ、サラダ油の移動販売なんて、得体が知れないのにさ」

「……はあ～？　なんだよサラ子。じゃあ、もうちょい値段を上げろってか？」

サラダ油の言葉に、喰堂は不機嫌そうに顔をしかめて、

「言っとくけど、あたしは今のやり方を変えるつもりはねーぜ。結局この世の中、値引きよりありがてーもんは存在しねーんだって、あたしは普段のスーパーのバイトで、嫌というほど思い知ってんだからな」

……住宅街のど真ん中で、屋台引きの少女が、サラダ油と親しそうに話している。言うまでもなく異様な光景である。しかし通行人たちが屋台そのものから逃げてくれるおかげ（？）で、そちらの異様さに関しては、まだ誰にも注目はされていない様子だった。

「……そういえばよ、サラ子。ちょうど1年前くらいに、あたしからサラダ油を買ってくれた女の子のこと、憶(おぼ)えてるか？」

「……？　女の子？」

「黒髪で、やたら背が高くて……左目のところに泣きぼくろがあった、あの女の子だよ」

「…………？」

「憶えてねーのか？　あのおっぱいちゃんだよ、おっぱいちゃん！　胸の中に餅でも詰めんじゃねーかって、本人と別れたあと、二人で話したじゃねーか！」

「……！　ああ！」

と、最初はぴんと来ていない様子のサラダ油だったが、その喰堂(くどう)の説明で、彼女の言わんとする人物に思い当たったらしい。「あったね、そんなことも……確か、あんたがこの屋台を引き始めてから、まだ間もない頃のお客じゃなかったかい？」

「だな……今まで巡り合ったお客の中でも、ぶっちぎりにいいお客だったよ、あのおっぱいちゃんは。あたしのこの屋台を見ても驚いてたのは最初だけで、ちゃんとこっちの説明も聞いてくれて、最終的にはサラダ油も買ってくれたんだからな」

喰堂はしみじみと呟(つぶや)いて、

「今、なにしてるんだろうな、あのおっぱいちゃん……やっぱ今でもでっけーままなのかなぁ、あのおっぱい」

などと、そんな意味不明なことを言いながら、ハンドルを握り直し、再び屋台を引いて歩いて行こうとする。

――が、そんなときだった。

「ねえ、ちょっとキミ」

横合いから、喰堂に向かって、声が響いてくる。

「え？」

呼びかけられて、喰堂は驚いたように隣を振り向いて、

「お、なんだいおにーさん。ウチのサラダ油、買ってくれんのかい？」

「………………」

果たして、喰堂に声をかけてきた男性は、その場に無表情で佇んでいた。

水色の制服と、紺色の帽子を着用した、壮年の男性である。

その胸元に貼り付いているのは、黄金に輝く、星形のバッジ。

「県警の者です」

男は言う。

「ここ1年ほど、この付近でサラダ油の屋台を引いて回っている女性というのは、キミで間違いないかな？」

「…………え？」

告げられた言葉に、衝撃を受けた様子で固まる喰堂。

一方の男――警察官は、喰堂の後方の屋台へと視線を移して、

「いや、まあ訊くまでもなく、その屋台を見たら一発なんだけどね」

「…………」

「実はウチの署に、何件か通報が来ていてね。道端でサラダ油を売りつけてくる不審者がいるから、なんとかしてほしいって」

「…………～～っ!?」

途端、喰堂の表情が、一瞬で青ざめていた。「はあ!? け、けけけけけ、警察!? 警察が、あたしに一体何の用だよ!?」

「いやだから、今言った通りだよ。勝手に道端で屋台とか引いたら駄目だから。とりあえず、署までついてきてもらえる？」

露骨に声を上ずらせる喰堂に対して、警察官は、あくまで事務的な口調で語り掛けてくる。「その屋台は……まあ、いったん道端の邪魔にならないところに置いといてくれたら、大丈夫だから。特に盗まれたりもしないだろうし」

「……っ！ ちょ、ちょっと待てよ！ なんであたしが、警察署に連行なんてされなくちゃいけねーんだ!?」

「……は？」

「ひ、人が個人的な趣味で、屋台を引いたらいけねーってのか!? あ、あたしはちゃんと、行政の許可も取ってあるんだぞ！」

警察官を睨み付けながら、いつぞやと、まったく同じ文句を叫ぶ喰堂。

「…………」

対して警察官は、数秒の間、無言で喰堂の方を見返していたが、

「……。うん、いけないね」

と、やはり淡々とした口調で答えていた。

「だってキミ、行政で許可を取っているって話、嘘でしょ？」

「……え？」

「キミ、町の人たちに対しては、そんな風に説明してサラダ油を売りつけていたみたいだけどさ。普通に考えて、こんな訳の分からない屋台に、行政が許可を出すわけないじゃない。念のため調べてみたら、案の定無許可だったし」

「…………」

「で、そんな嘘を吐いたってことは、当然自覚はあるんだろうけど、行政の許可を取らずに屋台なんて引いたら、普通に犯罪だから。道路交通法違反だから」

警察官の声音は、どこまでも冷ややかである。

喰堂は、完全にぐうの音も出ないという様子で、俯いている。「…………」

「っていうかさ〜。そもそも、本当になんなの、サラダ油の屋台って？」

「…………」

「僕もそれなりに長く警察官をやってきたけどさ。こんな意味不明な取り締まりをしたの、今日が初めてだよ。実際にこの目で見るまで、こんな屋台が実在するなんて、信じられな

に？」

「大体、いくつなのキミ？　どう見ても、まだ子供だよね？　保護者の方は、今どち

「…………」

かったし」

「……お、親はいねーよ」

と、矢継ぎ早の警察官の詰問に、喰堂はおずおずと答えていた。「親は両方とも、随分前に亡くなってる……それからあたしは子供でもねー。こんなナリだけど、20歳の大人だ」

「……はあ？　20歳？」

喰堂の言葉に、警察官は眉をひそめて、「本当に？　とてもそうは見えないけど……まあでも、成人しているっていうのなら、やっていいことと駄目なことの違いくらいは理解できるよね？　とにかく、署までご同行願おうか」

「…………っ！」

そんな冷たい宣告を受けて、喰堂の両肩が、びくっ、と震える。「あ、あたし、逮捕されんのか？　罰金とか取られんのか……？」

「さあね。だからその辺のことも含めて、署でゆっくりお話ししましょうって話だよ」

「……っ！　い、嫌だっ！」

警察官に促しに、喰堂はぶんぶんっ、と頭を振り乱し、拒絶の言葉を発していた。「な、なんであたしが、警察に逮捕なんかされなくちゃいけねーんだよ！　あたしは別に、誰に

も迷惑なんかかけてねーじゃねーか！」

「……はあ？」

「あたしがサラダ油の屋台を引いたところで、一体どこの誰に迷惑がかかるっつーんだ⁉　メーカーに迷惑がかかんのか⁉　小売店に迷惑がかかんのか⁉　かかんねーだろどう考えても！　あたしはちゃんと、道路交通の妨げにならねーように、車のあんまり通らねーところで屋台を引くようにもしてたんだぞ！

　あ、あんたら警察もよ！　こんな軽犯罪をしょっぴく暇があるなら、もっと他の重大事件とか解決してくれよ！　本当に市民の味方っつーんならよ！」

「……いや、そう言われてもルールはルールだから」

　が、そんな喰堂の喚(わめ)きに、警察官は呆(あき)れたように息を漏らして、

「それにさ、誰にも迷惑かけてないって、それ本当なの？」

「……え？」

「……実は他にも、何件か奇妙な通報が入っていてね」

　ぽりぽり、と頭を掻(か)きながら、警察官は言う。

「本当に、それについてはあまりに意味不明すぎるから、ウチの署でもただの悪戯(いたずら)として処理しているんだけどさ。似たような内容の通報の多すぎることが、気になると言えば気になるんだよね。

　彼らはみんな、口を揃(そろ)えてこう言うんだよ。『屋台で買ったサラダ油が、突然、喋りか

けてきた』って」

「………………」

「……まさかとは思うけどキミ、サラダ油に、変な薬とか入れていないよね？」

冗談半分、本気の疑い半分という声音で、喰堂に問いかけてくる警察官。

「……へ、変な薬なんて、入れてねーよ」

ややあって、声を絞り出すようにして、喰堂は答えていた。

「あたしはただ、この町に住んでいるすべての人たちに、あたしのサラダ油を届けて回りたいだけで……」

「……？　まあとにかく、御託はもう十分だから。話の続きは、署でゆっくりと聞かせてもらおうか」

それだけ言って、警察官は、促しの視線を喰堂に向けてくる。『いいから大人しく言うことを聞け』と、言外に告げているようだった。

「………………仕方ねー」

果たして、そんな威圧的な視線に、喰堂は観念したような呟きを漏らす。「この手だけは、出来れば使いたくなかったんだけどな……」

「え？」

「ちょっと待っててくれ、お巡りさん」

喰堂はそう言うと、何を思ったか、警察官に背を向ける。

　そして、後方の屋台から、サラダ油のボトルを1本だけつかみ取り――それをそのまま、正面の警察官へと差し出してきた。

「…………は？」

　反射的に、差し出されたサラダ油を受け取って、唖然としたように固まる警察官。「……え？　なにこれ？」

「なあ、お巡りさん。今日のところは、そいつで勘弁してもらうわけには、いかねーかな？」

「…………」

　サラダ油を持ったまま、警察官は、なにか信じられないようなものを見る目で、喰堂を見返してきている。

「……いや、キミ、本当に頭おかしいの？　どこの世界に、サラダ油の賄賂なんてものがあると――」

　が、次の瞬間だった。

「…………ぎゃっ⁉」

　――警察官の口から、突然、短い悲鳴が上がっていた。

「…………」

　彼は大きく目を見開き、がくがく、と身体を震わせながら、あっという間に、その場に崩れ落ちてしまう。

そして、ぴくりとも動かなくなる。

　さながら、糸の切れた人形のように。

「……本当にわりーな、お巡りさん」

　地面に倒れ伏した警察官を見下ろしながら、喰堂は冷ややかな声音で呟いていた。

「道路交通法がどうだろうと、知ったことじゃねーんだ。あたしはまだ、この屋台引きをやめるわけにはいかねーからな」

　言いながら彼女は、その場で膝を折り、警察官の手中からサラダ油だけを抜き取る。

　そして、それをまた、後方の屋台に陳列し直す。

「…………猟子」

　と、そんな喰堂に向けて、屋台上から、再び声が響いてくる。

　サラダ油である。

「あんた今、自分がそのお巡りさんに何をしたか、分かってんのかい？」

「…………そんなに怒んなよ、サラ子」

　決まりが悪そうな声音で、喰堂は答える。

「あたしらがとんずらこくまで、ちょっと眠ってもらってるだけだ。『能力』の出力もかなり抑えておいたし、30分もすりゃ、勝手に意識を取り戻すだろうさ」

「……猟子、あんたねぇ」

　サラダ油の声音は、憤りに満ちているようだった。

――なお、そのサラダ油は、他に陳列されたサラダ油とは、少し見た目が違っている。

他のサラダ油は、きちんと封をされ、フィルムも剥がされていない、新品同然という状態だが……このサラダ油だけは違うのだ。

まず、封が開いていた。

そして、中身も減っていた。

本来なら1リットルはサラダ油が入っているべきところに、このサラダ油は、300ミリリットル程度しか貯蔵されていない。

またその色合いも、周りの新品サラダ油たちと比べると、随分と濁っている様子だった。

恐らく開封されてから、相当の年月が経過しているのではないだろうか……？

「猟子。あんた、一体いつまで、こんなバカなことを続ける気だい？」

と、そんな特異なサラダ油――サラ子は、諭すような口調で、喰堂に問いかける。

「自分の胸に手を当てて、もういっぺんよく考えてみな。今のあんたを、天国のお父ちゃんが見たら、なんて言うと思う？」

「…………うっせーな」

が、当の喰堂は、うんざりしたような声を漏らして、

「いいからお前は、あたしの言うことを黙って聞いとけ、サラ子。そうすりゃ物事は、なにもかもあたしらの都合にいいように進むんだからよ」

「……猟子。あんた、いい加減にっ！」

と、そんな風にサラ子が声を更に荒らげかけた、その瞬間だった。

――ぱち、ぱち、ぱち、ぱち。

横合いから、唐突に、何かの鳴る音が響いてくる。

拍手の音である。

「…………？」

反射的に、音の聞こえてくる方を振り向く喰堂。

視線の先の立っていたのは、金髪お嬢様だった。

「……は？」

◇◇◇◇

「ふふふっ、御見それしましたわ～」

ぱち、ぱち、ぱち、ぱち。

手を叩きながら、金髪お嬢様は言う。

「国家権力を相手に、どう切り抜けるものかと、ハラハラしながら見守っておりましたけれど……まさかそんな、思いもよらないような方法で撃退してしまうだなんてね。とってもエキサイティングでしたわ～」

「…………」

対して喰堂は、呆然とした様子で、相手を見返している。

「…………いや、誰だよあんた？」

それは『金髪お嬢様』という以外に、およそ表現のしようのないような女だった。

背中のあたりまで伸びた、やや毛先のカールした、煌びやかな金髪。そして碧眼。

ウェストの部分にコルセットが入っているらしい、高級そうな、グレーのドレス。

年の頃は10代後半ほど。身長は160cm前後といったところで、スタイルもいい。

彼女はニコニコ、とした微笑みを湛えながら、喰堂から少し離れた場所に、一人で佇んでいる。

「…………！」

と、更に次の瞬間、そんな金髪お嬢様の傍らに『あるもの』を見つけて、喰堂は息を呑んでいた。（……は？　なんだあれ？　リムジン？）

金髪お嬢様の傍らに停まっていたのは、黒塗りのリムジンだった。

後部座席部分が極端に拡張された、言わずと知れた高級車である。

エンジンを切られた状態で、その艶やかな漆黒の車体を、夜の闇に静かに溶け込ませている。

（……？　いつから停まってたんだ、こんなもん？　つーかあたし、生のリムジンとか、生まれて初めて見たぜ……）

などと、諸々の状況も忘れて、その平凡な住宅街にはおよそ似つかわしくない高級車に、くぎ付けになってしまう喰堂。

「……それにしても、本当に存在したんですのね～」

が、一方の金髪お嬢様も、既に喰堂の方を見てはいなかった。

彼女の視線は、喰堂の横合い――道路の脇に停車させられた、木造の屋台の方へと向けられている。

「正直、話を聞いたときは、半信半疑でしたけど……こうして実際にサラダ油の積まれた様を見せられてしまえば、嫌でも信じざるを得ませんわ。

いかにもあの人、泥帽子さんが興味を持ちそうな趣向ですわよね。サラダ油の屋台、だなんて」

「……え？」

「確か屋台そのものは、ネット通販で購入されたんでしたっけ？　喰堂猟子さん？」

「…………っ!?」

と、金髪お嬢様の口から何気なく発された言葉に、喰堂は表情を引きつらせて、「……は……ちょっと待て。なんであんた、あたしの名前、知ってんだ？」

「……さあ、どうしてかしら？」

金髪お嬢様は煙に巻くような笑みを湛えて、「――そうそう。わたくしとしたことが、うっかり申し遅れておりましたわね。わたくし、こういう者です」

言いながら、自らの華奢（きゃしゃ）な片腕を、おもむろに宙へと突き出していた。

そして、次の瞬間――

「おいでなさい、守銭道化（しゅせんどうけ）」

――金髪お嬢様の片腕から、にょきにょきと、人間の身体（からだ）が生え始める。

「…………は？」

固まる喰堂。

その『人間』は、にょきにょきにょき、とあっという間に金髪お嬢様の腕から身体を這（は）い出（だ）させて――やがて全身を出し終えると、そのままアスファルトの地面に、すたり、と降り立っていた。

「――お待たせいたしました、綺羅々（きらら）さま」

平淡な口調で、『人間』は呟（つぶや）く。

それは、メイド服を着た、黒髪の少女だった。

ほぼ黒と白の二色のみで構成された、シンプルなフリルつきのメイド服。手には真っ白な手袋を、頭にはホワイトブリムを、それぞれ着用している。

身長の高さは金髪お嬢様と同じくらいで、外見年齢もおおよそそのあたりだろう。しかし、絶えず上品そうな微笑（ほほえ）みを湛えている金髪お嬢様と対照的に、彼女は完璧な無表情――感情の無いロボットのような顔つきで、その場に佇（たたず）んでいる。

「……!?　なっ、なななななっ!?」

若干の間のあと、当然のごとく、腰を抜かした様子でその場にへたり込んでしまう喰堂だった。「なっ、なんだお前ら⁉　そ、その女、一体どこから出て来て……⁉」

「はじめまして、喰堂猟子さん。わたくしは、清涼院綺羅々と申します」

そして、そんな喰堂の混乱をよそに、金髪お嬢様は笑顔で語り掛けてくる。

「18歳になったばかりの、高校三年生ですわ――で、こっちのメイド服の子は守銭道化。今ご覧に入れた通り、普通の人間ではありません。わたくしの嘘です」

「…………？　はあ？」

地面にへたり込んだまま、意味が分からない、という様子でメイド少女を見返す喰堂。

「……？　人間じゃない？　嘘？　なんの話してんだ、お前？」

「…………。なるほど、やっぱりあなた、訳が分かっていらっしゃらないのね。ご自分の『能力』の正体についても。ご自分が〈嘘憑き〉であることさえも」

「……ウソツキ？」

「いいでしょう。きちんと一から、わたくしが丁寧に説明してさしあげます。わたくしはそもそも今夜、そのためだけにやってきたのですからね」

金髪お嬢様は――清涼院綺羅々と名乗った彼女は、やれやれ、という風に息を吐いて、

「いいこと？　喰堂さん。わたくしたちは今夜、ある人に頼まれて、あなたをスカウトしに参りましたのよ」

「……⁇」

「単刀直入に言いますわ、喰堂猟子さん。わたくしたちはあなたに、わたくしたちの組織──〈泥帽子の一派〉の新メンバーになってほしいと思っていますの。いかがかしら？」

◇◇◇◇

「どうかくつろいでくださいね、喰堂さん」

その後。

喰堂猟子は、件のリムジンの車内へと連れ込まれていた。

とても車の中とは思えない、だだっ広い空間。光沢のあるレザーのラウンドソファに、薄暗い照明。車内の右端には、バーカウンターが備え付けられており、高級そうなグラスがいくつも並べられている。

「こんな窮屈な車内で、お恥ずかしい限りですけれど」

と、そんなバーカウンターの真正面、車内の左側のラウンドソファに深く腰かけながら、金髪お嬢様──清涼院綺羅々は穏やかに声をかけてくる。

「流石に、夜空の下で立ち話するよりは、何倍もマシというものでしょう？」

「…………！」

ラウンドソファの中央部分に腰かけた喰堂は、そんな左斜め前の清涼院を、無言で睨み返している。

──コトリ。

と、顔を強張らせる喰堂の正面に、出し抜けに、ティーカップが置かれていた。

「……え？」

「失礼いたします」

慌てて喰堂が右斜め前を振り向くと、そこに佇んでいたのは、例のメイド少女——守銭道化。「ダージリンです」

「…………」

そう端的に言われて喰堂は、ガラステーブルの上の、ティーカップの中身に目を落とす。

「……え？　あ、えっと」

「ミルクとお砂糖はご利用になられますか？」

「…………。いや、別にいいけど。ストレートで」

「かしこまりました」

と、そんな必要最低限のやり取りの後、守銭道化はぺこり、と頭を下げて、喰堂の傍から離れていった。

そして、バーカウンターの前でその動きを止めると、両掌をお腹の前で重ねたまま、ぴくりとも動かなくなる。

「…………」

そんなメイドの姿を、喰堂は気味悪そうな目でしばらく眺めていたが、

「……で？　あんたら、一体何者なんだよ？」

ややって清涼院の方に向き直り、そう問いかけていた。「詳しい話は車の中でっつーから、とりあえずついてきてやったけどよ。あたしは、あんな人間を腕から引っ張り出してくるような得体の知れねー女と、呑気に茶なんてしばくつもりはねーぞ？」

「……あら。随分と酷い言い草ね、喰堂さん」

喰堂のぶっきらぼうな物言いにも、清涼院はあくまで涼やかに微笑み返して、

「そんなにつんけんしなくてもいいじゃないの。わたくしたちは同じ〈嘘憑き〉――そして同じく泥帽子さんに見初められた、滅多に巡り合うことの出来ない、『同類』なんですから」

「…………。だからその、泥帽子ってのは、なんなんだよ？」

喰堂はぼりぼり、と頭を掻いて、

「それに、ウソツキ？　とか言うのも、わけわかんねーし。なんで見ず知らずのあんたに、あたしが嘘吐き呼ばわりされなくちゃいけねーんだ？」

「……？　ああ、喰堂さん、それは違いますわ。たぶん字を勘違いされています。嘘吐きではなく、〈嘘憑き〉です」

「……？」

「……ふふっ。急にこんな話をされても、訳が分かりませんか？」

そこで清涼院は、口の端を歪めて、

「まあ、普通はそうですわよね～。そう思ってわたくし、今日はいいものを持ってきまし

たの——守銭道化（しゅせんどうけ）！」

「かしこまりました」

と、清涼院に呼びかけられた途端、それまで静止していた守銭道化が、突然に動き始める。

彼女は一切の無駄のない足取りでテーブルの方に近づいてくると、懐からなにやら冊子のようなものを取り出して、喰堂の目の前に差し出してきていた。

「……？　なんだこれ？」

眉をひそめながら、パンフレットの表紙に目を落とす喰堂。


『分かりやすい！〈泥帽子の一派〉入会マニュアル！』


冊子の表紙には、ポップな書体で、そんな文字列が印刷されていた。

「…………なんだこれ？」

「ふふふふふっ！　どうです～、それ？　わたくしがおうちで自作したのですけど～」

そんなパンフレットの表紙を指さしつつ、清涼院は得意満面という様子で、言葉をかけてくるのだった。「口でダラダラと説明されるよりも、文章で説明された方が分かりやすいだろうと思いまして！　お伝えしたい内容を、一冊のパンフレットにまとめてみましたの！　いかがです!?　読みやすそうでしょう!?」

「…………」

清涼院ににこやかに促されて、喰堂はまじまじと、パンフレットの表紙を眺める。

見ると確かに表紙の下段部には、明らかにフリー素材のそれと分かる、キャラクターたちのイラストが貼り付けられていた。

数人の少女たちが、ニコニコと牧歌的な笑みを湛えて、こちらを見返してきている。

「……とにかくこいつを読めば、あんたらの正体が分かるってことなんだな？」

ややあって、喰堂は緊張した面持ちで、パンフレットを手に取っていた。

そして表紙を開き、中身に目を通し始める。

……。……。……。

しばらくして。

「……なるほど」

中身をすべて読み終えた喰堂は、くびたれたように息を吐きながら、パンフレットをガラステーブルの上に戻していた。

「ご理解いただけました、喰堂さん？」

「……まあ、なんとかな」

清涼院の問いかけに、喰堂は頷く。

そして、カップの中にまだ残っていた紅茶を、一気に飲み干してから、

「――つまり、清涼院、だったか？　あんたが〈嘘憑き〉で、そこに突っ立っている守銭

道化(どうけ)って名前のメイドが、あんたの〈実現〉嘘ってわけだ」

と、言葉を返していた。「さっき守銭道化があんたの身体(からだ)の中から出てきたのも、そういうからくりってことかよ……」

「……ふふっ。飲み込みが早くて助かりますわ～」

上機嫌な声音で清涼院は言う。

「わざわざパンフレットを自作した甲斐(かい)があったというものです——とはいえ、こんなもの読ませられても、普通は誰も理解できないと思いますけどね。嘘が実は生き物だとか、嘘には人間の願望を叶(かな)えられる力があるだとか、とにかく滅茶苦茶(めちゃくちゃ)なことばかり書かれてあったでしょう?」

「……ああ。確かにトンデモな内容だったけどよ」

喰堂は脱力したように肩を竦(すく)めて、

「普通なら、まず信じられねーような話なんだろうけど。他でもないあたしは、これを信じるしかねーんだよな。なにせ身に覚えのあることなんだからよ」

「…………」

「ある日突然、あたしの身体に宿った、この『不思議な力』……当然正体なんて分かるわけもなくて、あたしはずっと、超能力かなんかだと思っていたんだけどよ。その力の中身が『嘘』だって説明を聞かされて、しかもあたし以外にも大勢同類がいるって教えられて、むしろ釈然としたくらいだぜ」

「……大勢、というほどでもありませんけどね。そのパンフレットにも書いてあった通り、嘘の〈実現〉にまで至れる人間というのは、ほんの一握りですから」

清涼院は涼やかに微笑んで、

「だからこそ――そういう一握りの人間を運よく発見できたあかつきには、わたくしのような〈一派〉の中核メンバーがこうしてスカウトに来るというわけなのですわ、喰堂猟子さん」

「…………」

「ねえ、どうかしら？　パンフレットの中身を見て、よく分かったでしょう？　〈泥帽子の一派〉という組織は、わたくしたち〈嘘憑き〉にとって本当に助けになる、互助会のような存在なの。所属しておいて損はない筈よ。あなたのような将来性のある〈嘘憑き〉なら、尚のことね」

「……ちなみにあんたらは、あたしのことをどれくらい知ってるんだ？」

喰堂は尋ね返す。

「こうしてあんたらが、あたしの前に現れたってことは……あたしがこの『不思議な力』を使って、どんな『悪さ』をしているかについても、当然突き止めているってわけなんだよな？」

「……いいえ、それがそうでもないのよ」

清涼院はふるふる、と首を振って、

「まず、喰堂さんについてこちらで事前に調べられたことを、この場で列挙しておきましょうか——喰堂猟子さん。年齢は20歳で、つまりわたくしより二学年も上。今はフリーターとして、主にアルバイトで日銭を稼がれているそうね。確か、近所の食品スーパーのレジ打ち・品出しだったかしら？」

「…………」

「ただ、大人になってから、ずっとフリーターだった、というわけでもないのよね。どころか、ほんの1年前までは、今とはまったく違う職業に就いていて……」

清涼院はそこで、ちらり、と喰堂の表情を窺うようにして、

「料理人、だったのよね、あなた？」

「……………」

「それも雇われというわけではなく、一つのお店を——町中華のお店を、店長として切り盛りされていたのよね？

わたくし、その報告を受けたとき、素直に感嘆しましたわ。10代の女の子が、料理長兼経営者として一つのお店を経営するだなんて、並大抵のことじゃない筈ですもの。実際、近所では評判も良かったのでしょう？　繁華街の一等地に店を構えて、最盛期には、連日店先に行列が出来ていたと聞いていますわ」

「……もう昔の話だけどな」

ため息を漏らしつつ、喰堂は答える。

「つーか、よくそんな詳しく調べられたな、あんた。あたしが店を畳んだのはちょっと前だし、店のあった場所も、今はもう月極駐車場に変わっちまってんのに」

「……ふふっ。この程度、〈泥帽子の一派〉の力を使えば、造作もないことですわ～」

清涼院はニコニコと答えて、

「とはいえ、わたくしたちに調べることが出来たのは、ここまでです」

「…………」

「なぜ喰堂さんが、10代の身でそこまで繁盛させた中華料理店を、突如として閉店させてしまったのか？　なぜ料理人を辞め、食品スーパーのアルバイトになったのか？

そして――なぜバイトの休みの日に、サラダ油の屋台引き、なんていう奇行に走るようになったのか？　それらのことについては、未だ一切の調べがついていません」

清涼院はふう、と息を吐いて、

「……ああ、いえ、そういえばもう一つありましたわね。これこそ、わたくしたちがそもそも、喰堂さんという〈嘘憑き〉を発見できた理由なのですけど。

この町で最近、奇妙な『噂』が流れているそうね。『サラダ油の屋台引きから、サラダ油を買ってはいけない。どれだけ安くても買ってはいけない。なぜならそのサラダ油は突然、人間の言葉を喋り出すから』」

「…………」

「ふふっ、ねえ喰堂さん。だからわたくし、今日はその『答え』を知りたいという個人的な好奇心もあって、あなたの元を訪ねたのよ。

どうか、わたくしに教えてくださらない？　あなた一体、なにがしたいの？」

「…………………」

しかし、そんな清涼院の問いかけに、喰堂はしばらく何も答えなかった。

長い間、沈黙していた。

――が、十数秒も経過した後、ようやく口を開いて、

「……まず、いくつか誤解があるようだから訂正しとくぜ」

「……誤解？」

「あんたは今、あたしを『食品スーパーのアルバイト』っつったけどよ。あたしに言わせりゃ、その呼ばれ方は正確とは言えねーな」

「…………？」

「あたしが毎日スーパーで労働してんのは……サラダ油を売りたいからだ」

ぶっきらぼうな口調で、喰堂は言う。

「休みの日に『サラダ油の屋台引き』をやってんのは、あくまでもおまけだ。あたしの本命は、むしろスーパーの方――この近隣一帯の住民たちに、あたしがレジを打ったサラダ油を買わせることにあるんだ。

だからその噂っつーのも、事実とは違うな。人間の声が聞こえてくるのは、あたしが屋台で売っているサラダ油だけじゃねー。

あたしにスーパーで『声』を吹き込まれたサラダ油たちは、この住宅街のあちこちの台所で、静かに眠りについている筈だぜ。今はまだ、な」

「……本当に、どういうことなのかしら？」

心から興味深そうに、続きを促してくる清涼院。

「……いいぜ。教えてやるよ、清涼院」

けだるげに息を吐きつつ、喰堂は言う。

「いいか？　あたしが吐いた嘘ってのは——」

5　清涼院・パルス

「なるほど」

数分後。

リムジンにて、すべての話を聞き終えた清涼院は、納得したように頷き返していた。

「ええ、お話はとてもよく分かりましたわ～、喰堂さん。丁寧に説明していただいて、どうもありがとうございました。お疲れ様でしたわね」

「………別に疲れちゃいねーよ」

対して、喰堂はぶっきらぼうに言葉を返す。

「あたしも、『この話』を他人にするのは初めてだったから、つい舌が回っちまったってだけだ……で？　どうなんだ？　あたしの今の話は、その泥帽子っておっさんのお眼鏡には適いそうなのか？」

「……さあ、どうでしょう」

喰堂の問いかけに、清涼院は煙に巻くような笑みを湛えて、

「それを判断するのは、わたくしではなく、泥帽子本人です。あくまでわたくしに出来ることは、こうして伺った喰堂さんのお話を、泥帽子さんにお伝えするだけ……でも、そうですわね。

個人的な感想を述べさせていただくなら、喰堂さんが〈一派〉に所属できる可能性は、かなり高いと思われますわ。あなたのお話は、それほどに興味深いものでしたから」

「……興味深かった？」

「ええ──本当に、まるで予想の外でしたわ。喰堂さんがサラダ油の屋台を引いていた背景に、まさかそんな『理由』が隠されていただなんてね」

ふるふる、と清涼院は首を左右に振って、

「きっと彼も、あなたのことを気に入ると思います。数日の猶予をいただくことにはなるでしょうけど、ほぼほぼ問題なく、話は前に進んでいく筈ですわ。ですから喰堂さんも、どうかそのおつもりで」

「…………」

「ちょっと待ちな」

と、そんなときだった。

二人の会話を遮るように、喰堂の懐から、まったく別の少女の声が響いていた。

「勝手に話を前に進めないでくれるかい、清涼院とやら」

刺々しい声音で、彼女は言う。「ねえ猟子。まさかとは思うけど、あんた本気で、こんな奴らの仲間になるつもりじゃないだろうね？」

「……サラ子？」

喰堂は驚いた様子で、懐に抱え込んでいた、サラダ油のボトルに目を落として、「……って、おい、急に喋り始めんなよ、お前！　清涼院たちがびっくりしちまうだろ！」

「………へえ」

清涼院は興味深そうに息を漏らす。

「不思議な感覚ですわね、これ……頭の中に、直接『声』が響いてくる、とでも言えばいいのかしら？」

などと言いながら、清涼院は、喰堂の懐のサラダ油に微笑みかけて、

「……つまりあなたが、たった今の喰堂さんのお話に出てきた、『サラ子さん』というわけ？」

「………ふん」

果たしてそんな問いかけにも、サラダ油——サラ子は、不機嫌そうに鼻を鳴らし返すだけだった。「ちなみに、言うまでもないことだけどね、猟子。あたしは反対だよ」

「……え？」

「この連中、あまりにも胡散臭すぎるよ。とてもじゃないけど信用できない。

あんた、さっきのパンフレットを読んでいて、なにも感じなかったのかい？　——特にあたしが引っ掛かったのは、7ページと8ページ、『仲良くしとこう！〈一派〉の仲間たち！』のくだりだよ」

「……？　7ページと8ページ？」

「さっき読んだばかりなのに、もう忘れたのかい、あんた!?　ほら、あれだよあれ！　世

界一の外科医の女と、その嘘とかいう……！」

「……！　ああ！」

喰堂は思い出したという風に息を漏らして、

「自分たちで人を怪我させて回って、それを自分たちで治していくコンビ、だっけか？　言われてみれば、確かに書いてあったな、そんなおっかねー話」

「……そう、そうだよ猟子。おっかないのさ、この連中は」

厳しい口調で、諭すようにサラ子は言う。

「よく考えてみな、猟子。そんな危険人物どもが、他にもうじゃうじゃいるかもしれないような組織に、あんたは本当に入りたいと思うのかい？　この清涼院にしたって、一見まともそうに見えるけど、実はその外科医の〈嘘憑き〉と同類でないという保証は、どこにもないんだよ？」

「……………むむ」

と、そんなサラ子の言葉を受けて、清涼院は心外そうに眉をひそめていた。

「中々に聞き捨てのならないことを言ってくれますわね、サラ子さん。まず、あなたたちの話している、いたみさん——その外科医の〈嘘憑き〉さんは、今はもう〈一派〉のメンバーではありませんわ。そのパンフレットを作成しているときにはメンバーでしたが、つい最近、〈嘘憑き〉を辞められましたから」

「……？　〈嘘憑き〉を辞めた？」

「ええ。まあ、色々と『トラブル』がありまして……それにしても、いたみさんの方はともかく、まさか敗さんなんかと同類扱いされる日が来るとは思いませんでしたわね。なんていう名誉棄損なのかしら、ふふふっ……」

などと言いつつも、清涼院は自身の苛立ちを鎮めようとするかのように、深く息を吐いて、

「……。とはいえサラ子さん、あなたの言うことも一理ありますわ。〈泥帽子の一派〉のメンバーは、誓ってそんな野蛮人ばかりというわけではありませんが――仮に野蛮人がメンバー内にいたとしても、わたくしたちが特にそれを問題視しないというのは、確かに間違いのないことです。

わたくしたちは基本的に、ルール、い、い、ルールを守る、ということをそれほど重要視していません。そんなものを守っていても、嘘の〈実現〉には毛ほどの役にも立たないからです。〈一派〉に唯一ルールのようなものがあるとすれば、それは主宰である泥帽子さんに、面白がられるか否か、ということだけでしょうね」

「……！　ほら見な！　やっぱりロクでなしの吹き溜まりなんじゃないか、あんたら！」

清涼院の返答に、サラ子は吐き捨てるように息を漏らして、

「絶対に駄目だよ猟子、こんな奴らの仲間になっちゃあ！　こいつら所詮、自分のことしか考えちゃいないんだ！　とんでもないアナーキストどもだよ！」

「……サラ子」

「——なるほど。どうやらわたくし、サラ子さんには随分と嫌われてしまったみたいですわね。残念ですわ」

清涼院はわざとらしく、悲しんだように息を漏らして、「でも、本当にいいの喰堂さん？　サラ子さんの言うように、わたくしたちの誘いを断ってしまって」

「……え？」

「だってあなた、まだ『目的』を達成できていないのでしょう？」

喰堂の瞳を真っ直ぐに捉えるようにしながら、清涼院は問いかけてくる。

「スーパーのアルバイトとして、サラダ油の屋台引きとして、毎日毎日、この町の人間にサラダ油を売り続ける……そんなことを1年近くも続けているのは、つまりあなたが1年間、そこから『先』に進むことが出来ていないからよね？　あなたの『目的』は、あくまでもサラダ油を売りさばいた『先』にある筈なのに……1年間も、その停滞から自力で抜け出せないでいる。そうよね？」

「………」

「だとすればあなたにとって、このチャンスは願ってもないものの筈よ、喰堂さん。泥帽子さんの催眠の力を借りれば、そんな停滞から抜け出すのなんて、簡単なことなんだから。〈嘘憑き〉としてレベルアップして、『先』に進んでみたくはない？　もちろん入る・入らないを決めるのは喰堂さんの自由だけれど——ここで機会を逃すようなら、あなたは一生、『目的』なんて遂げられないとわたくしは思うわね」

「…………っ！」

清涼院の言葉に、喰堂は唇をかみしめて、俯いていた。「……そうだよな。ここで決断できなきゃ、あたしは一生、『先』に進めねーまま……」

「――！　猟子、駄目だよ！」

喰堂の言葉に、ぎょっとしたように声を上げるサラ子。「こんな奴らの言うことなんて聞いちゃ、絶対に駄目だ！」

「……サラ子。でもよぉ」

「…………」

喰堂は弱り果てたような顔で、懐のサラ子に目を落とす。

そんな2人の様子を、左斜め前に腰かける清涼院は、ニコニコと見つめている。

と、そのときだった。

「綺羅々さま」

やはり無言のまま、車内の片隅にじっと控えていた守銭道化が、唐突に声を発していた。

「申し訳ありません。少しよろしいでしょうか？」

「……？　どうしたの、守銭道化？」

「お客様がいらっしゃいました」

「……は？」

「車の外の、喰堂さんの屋台付近をご覧になってください、綺羅々さま」

「…………？」

淡々とした守銭道化の言葉に、怪訝そうな表情をしつつ、窓の外へと視線を移す清涼院。

「……ああ？」

同じく喰堂も、同じ方角を振り向いて、「……は？　なんだあれ？」

例のサラダ油の屋台。

その周囲を、三人ほどの少女が取り囲んでいる。

一人目は、背の高い黒髪ロングの少女。

二人目は、ジャージ姿の紫髪ショートの女。

そして三人目は、そんな紫髪の女に負ぶわれた、真っ白なネコミミパーカーを羽織った少女。

「……いや、誰だよあいつら？」

ちなみに三人の内、特に黒髪の少女は忙しない様子で、きょろきょろと周囲に視線を彷徨わせている。まるで、誰かを探しているかのような挙動である。対照的なのは紫髪の女で、彼女は屋台の内部を注視したまま、微動だにしない。そして三人目のネコミミ少女は、どうも意識がない様子で、紫髪の少女の背中で、ぐったりとしている。

「……おいおい。まさか泥棒とかじゃねーだろうな？」

謎の少女たちの姿に、思わずそんな呟きを漏らしてしまう喰堂。

が、一方の清涼院はと言えば——

「…………」

彼女は完全に笑みを引っ込めた状態で、少女たちを睨んでいた。

特に清涼院の視線は、紫髪の女と、彼女に背負われたネコミミ少女に向けられている。

「……あらあら」

ややあって、窓の外から視線を外さずに、清涼院は呟いていた。

「噂をすればなんとやら、ね……しかし驚いたわ。まさか彼女たちと、こんな形で再会することになるだなんて」

「いかがされますか、綺羅々さま？」

「……ふっ。決まっているでしょう、そんなもの」

無機質に問いかけてくる守銭道化を、清涼院は妖艶な笑顔で振り向いて、

「お仕事よ、守銭道化。準備なさい」

◇◇◇◇

──その少し前。

「あ～っ！」

最初に『それ』を発見したのは、集団の先頭を歩いていたとがりだった。「東月ちゃん！　見てください！　あれ！　あれ！」

ぐいっぐいっ、と海鳥の裾を引っ張りながら、前方を指さしてくるとがり。「……？

どうしたのとがりちゃん？」海鳥は怪訝そうに、とがりの指さす方向に視線を移して、

「あっ！」

そこでようやく、海鳥も『それ』の存在に気づいていた。

アスファルトで舗装された地面の端に、屋台が放置されている。

一年前に海鳥が目撃したものと、まったく同じ造形である——ボロボロの屋根に、ガタガタの車輪に、『サラダ油』と書かれた赤ちょうちん、そして所せましと陳列された、サラダ油群。

「……さ、サラダ油の屋台だ」

海鳥は呆然と呟く。「ま、間違いない……私が1年前にサラダ油を買ったのは、絶対にこの屋台だよ！」

「……ふん、なるほど。わざわざ家まで押しかける手間が省けた、というわけか」

同じくサラダ油の屋台を眺めながら、淡々と呟く敗。「まさかこんな奇怪な屋台が、町に二つと存在している筈もないからな……しかし、肝心の屋台の持ち主は、姿が見えないようだが」

「……え？」

敗の言葉に、海鳥はきょろきょろ、と周囲を見渡して、

「た、確かに言われてみれば、どこにもいませんね、喰堂猟子さん。こんな道端に屋台を放置していくだなんて……お手洗いとかでしょうか？」

「さあな。ただ、とにかくこの屋台の近くで待ち伏せていれば、喰堂猟子を見つけられるのは間違いなさそうだ……そして海鳥東月。どうやらお前の見立ても的中していたようだぞ」

「……？」

「今、実物を目の前にして、はっきりと確信できた……この屋台のあちこちから、〈嘘の匂い〉が、ぷんぷんと漂ってきている」

ひくひく、と犬のように鼻をひくつかせながら、敗は言う。

「まあ、かつての疾川や、あの赤い髪の〈嘘憑き〉のような強者たちと比べれば、微々たるものだが……それでもこれだけはっきりと匂ってくるのだから、間違いない。この屋台の持ち主、喰堂猟子は普通の人間などではなく、〈嘘憑き〉だ」

「………！」

と、敗にはっきりとした口調で言い切られて、思わず息を呑む海鳥だった。（……や、やっぱりそうなんだ。喰堂猟子さん。あの人が……。

そ、そうと分かれば一刻も早く、本人を見つけ出さないといけないよね……！）

などと内心で呟きつつ、海鳥は緊張した面持ちで、尚も周囲に視線を彷徨わせて、

「……ん？」

そこで不意に、屋台から少しだけ離れた場所に停まっている、黒塗りの車両の存在に気づいていた。

「……リムジン？」

　思わず声が漏れる。

　こんな普通の住宅街では、まず見かけることのない高級車である。どうやらエンジンを切った状態で、道の端に停車しているらしい。

（……リムジン？　なんでこんなところに、リムジンが？）

　海鳥（うみどり）以外の二人は、サラダ油に夢中で、リムジンの存在には気づいていない様子だった。

　しかし、物珍しさに海鳥はつい、その漆黒の車体に視線を奪われてしまう。

「…………ん？」

　と、そこで海鳥は、さらに気づく。

　リムジンの窓の向こう側——つまり車内から、一人の少女が海鳥の方に手を振ってきているということに。

「…………誰？」

　金髪碧眼（へきがん）、である。

　どうやら海鳥と同年代の少女らしい。

　涼やかな笑みを湛（たた）えて、海鳥に向けて、ひらひらと手を振り続けてきている。

「…………っ⁉」

　そして、次の瞬間。

　海鳥の意識に、唐突に、ノイズが走っていた。

……。……。

「……妙だな」

と、サラダ油の屋台を尚も睨んでいた敗が、不意に口を開いて、「……なんだこの匂いは？　混ざっているのか？」

「……？　混ざっている？　どういうことです？」

尋ね返すとがり。

「……本当に、ごくごく微量なのだが、この屋台にもう一種類、別の嘘の匂いが染みついている気がするのだ。あるいは、ついさっきまでこの場には、喰堂猟子以外の、別の〈嘘憑き〉が居合わせていたのかもしれん」

「……はあ？　別の〈嘘憑き〉？　なんですかそれ？」

「……いや、だとしても、何の問題もない。敵の〈嘘憑き〉が一匹だろうと二匹だろうと、私がすべて叩き潰せば済む話だ」

敗はふるふる、と首を左右に振って、

「ともかく、そういうわけだ、海鳥東月。標的がこの場に姿を現し次第、私は即座に、喰堂猟子の嘘を殺す。お前はこのネコの身体とともに、少し離れた位置で待機していろ」

「…………」

「……？　海鳥東月？」

「…………」

海鳥は何も答えない。

彼女はなにやらぐったりとした様子で、その場に俯いていた。「………」

「え？　ちょっと、東月ちゃん？　具合でも悪いんですか？」

敗に続いて、とがりも心配そうに声をかける。

するとそこで、ようやく海鳥は頭を上げて、

「──へえ。ウミドリトウゲツちゃんって言うの、この子？」

と、呟いていた。

「………は？」

そう突然に発せられた一言に、呆然と固まるとがり。「……東月ちゃん？」

「ふふっ、随分と変わった名前なのね～」

およそ彼女がこれまで見せたこともないような、涼やかな微笑みを湛えて、海鳥東月は言う。

「一体どんな字を書くのかしら～。わたくし、見当もつきませんわ～」

◇◇◇◇

「………と、東月ちゃん？　急にどうしたんですか？」

恐る恐るという風に、とがりは海鳥に問いかけていた。

そこに佇んでいるのは、間違いなく、海鳥東月本人の筈だった──見た目も、声音も、

いつもの彼女と、何一つ変わらない。

「ふふっ、お久しぶりね～、敗さん。それから、でたらめちゃんも」

だが、まるで別人としか思えない口調、そして表情で、海鳥は言葉を発してくるのだった。「元気そうでなにより……とは、とても言えそうもないですわね。でたらめちゃんの、その様子を見る限り」

「…………」

対して敗は、そんな海鳥の姿を、呆然としたように眺めている。

「…………。お前、まさか、清涼院か？」

ややあって彼女は、そんな呟きを漏らしていた。「馬鹿な……！　なぜ、貴様がここに？」

「……あら。そんな嫌そうな言い方しないでちょうだいよ。仮にも元・仲間との感動の再会でしょう？」

と、冗談めかしたように言いつつ、口元を手で押さえてみせる海鳥。

「……??」

そんな彼女のあまりの変貌ぶりに、とがりはもはや訳が分からないという様子で、海鳥を凝視していた。「……ちょ、ちょっと敗さん！　なんなんですか、これ!?　東月ちゃんの身に、一体何が起こったんです!?」

「……あら？　誰あなた？」

海鳥は――否、既にこの少女は、海鳥東月ではないのだろう――『清涼院』と敗に呼び

かけられた『彼女』は、たった今ようやくとがりの存在に気づいたという様子で、彼女に視線を向けて、

「車の中から眺めていたとき、こんな青い子、いたかしら？　知らない顔だけど、この場にいるってことは、でたらめちゃんの新しい仲間ってことよね？」

「…………っ！」

完全に初対面の相手に向けるような清涼院の視線に、とがりはいよいよショックを受けた様子で、固まってしまう。「ほ、本当にどうしちゃったんですか、東月ちゃん……!?」

「……？　なんだか不思議な子ね、あなた。人間なのか、嘘なのか、こうして見ていてもさっぱり判別がつかないわ」

清涼院は少しの間、やや戸惑った様子でとがりの方を眺めていたが……やがてすぐに興味を失ったらしく、また敗の方に向き直って、

「さて、敗さん——わたくし、本当に驚きましたわ。2週間前、あなたがでたらめちゃんに敗北して、食べられてしまった、と知らされたときには」

「…………」

「頼まれもしないのにでたらめちゃんを追いかけて、遥か格下だと侮っていたその子に、足元を掬われたのよね、あなた……正直、その顛末を最初に聞いたときは面白過ぎて、しばらく笑いが止まりませんでしたけど——」

そこで清涼院は、ちらり、と敗の背中側に視線を移して、

「まさかその2週間後に、もっと面白い光景を見られるとは思わなかったですわね。あの敗さんが、でたらめちゃんをおんぶしている、だなんて……他の〈一派〉のメンバーにこの光景を見せてあげたら、皆さん、どんな顔をするかしら？」

「…………清涼院」

対して敗は、警戒した様子で清涼院の方を睨(にら)み返(かえ)しながら、言葉を返す。

「お前……まさか、私ともども、このネコを始末しに来たのか？」

「……はあ？」

と、そんな敗の問いかけに、清涼院はぽかん、と口を開けて固まる。

だが、しばらくして、

「――あはははははっ！　始末!?　馬鹿言わないでよ！　このわたくしが、どうしてそんな不毛なことをしなくちゃいけないの!?　あなたじゃないんだから！」

「……なんだと？」

「わたくしがこの町に来たのは、ただの偶然よ。泥帽子(どろぼうし)さんからちょっとしたお遣いを頼まれたの――〈一派〉の中核メンバーとしてね」

ひらひら、と掌(てのひら)を振りつつ、清涼院は言う。「同じ中核メンバーでも、好き放題暴れ回るしか能のなかったあなたと違って、わたくしは働き者ですからね。おかげで泥帽子さんから頼られることが多くて、本当に困ってしまうわ」

「…………」

「とはいえ、完全に偶然、とも言い切れないかもしれないわね……その、でたらめちゃんの苦しそうな様子。たった今敗さんの口から聞くことのできた、『喰堂猟子の嘘を殺す』という一言。そもそも、どうしてあなたたちがこの場にいるのか？　というところまで合わせて考えれば、なんとな～く答えは見えてきますわ」

清涼院は言いながら、ふう、と脱力したように息をついて、

「で、まあ理由はどうあれ、こんな風に鉢合わせてしまった以上――タダで帰すというわけにはいかないわよね、敗さん」

「…………っ！」

「……本当にごめんなさいね～」気の毒そうな口調で清涼院は言う。「正直わたくしも、いくら嫌いな人だったとはいえ、かつての仲間を手にかけたくはないのよ？

ただ、『喰堂猟子の嘘を殺す』なんて台詞を聞いてしまったからには、もう見過ごすわけにはいかないの。頼まれたお仕事は、きっちり最後までやり切らないといけませんからね――守銭道化！」

ぱちんっ、と清涼院が指を鳴らす。

直後、近くに停められていたリムジンの扉が開き――メイド少女が、その姿を現していた。

「…………」

ほぼ黒と白の二色だけで構成されたメイド服。ホワイトブリムに、白い手袋、黒いブー

ッ。彼女は機械のような冷たい眼差(まなざ)しを湛(たた)えつつ、敗たちの佇(たたず)んでいる方へ、ゆっくりと近づいてくる。

「………守銭道化」

「お久しぶりです、敗さん」

敗の呼びかけに、守銭道化は恭しく頭を下げていた。「正直、あなたとこんなことになってしまって、本当に残念ですが、これも運命(さだめ)です。お覚悟を」

──と、次の瞬間、守銭道化の掌(てのひら)から、札束が出現する。

百枚の一万円札が一つに束ねられた、いわゆる『小束』と呼ばれる札束である。それが一つ、二つ、三つ……と、彼女の白い手袋から次々に出現し、ばさばさっ、と音を立てながら、地面に落下していく。

言うまでもなく、通常の札束ではないらしい──やがてその札束たちは、物理法則に反する挙動で宙へと浮かび上がり、守銭道化の周囲を、ゆっくりと舞い始める。

「………っ〜〜〜！」

唇を噛(か)んで、その札束の吹雪を睨(にら)み付(つ)ける敗だった。「……なにが『残念』だ！　お前も昔から、私のことを嫌っていただろうが、守銭道化……！」

「ふふっ。言っておくけれど、抵抗なんてしても無駄よ、敗さん」

と、そんな敗を煽(あお)るような口調で、清涼院は尚(なお)も言葉をかけてくる。

「あなたも知っての通り、〈実現〉した嘘を殺す方法というのは、たった二つだけしかありませんわ。一つは〈嘘憑き〉の方をどうにかして、嘘を弱体化させるという方法。そしてもう一つは、嘘と嘘の単純な力比べで、相手を叩き潰すという方法よ。

そして、わたくしの守銭道化は、あなたよりも強い——悪いことは言わないから、観念したら、敗さん？ 万に一つもあなたに勝ち目がない以上、わざわざ戦っても、お互い時間の無駄にしかならない筈よ」

「……そうしたいのは山々なのだがな」

吐き捨てるように敗は答える。

「というか、それでこのネコから解放されるというのなら、むしろ望むところなのだが……生憎と今の私は、ネコの利益に反するような行動は、どうあっても取れんのだ。甚だ不愉快なことに、最後の最後まで抗うことしか、私には許されていない」

「……あら、そうなの？ それはお気の毒ね」

心底どうでもよさそうな口調で、清涼院は言う。

「では、普通に実力行使で叩き潰すことにしますわ——さようなら、敗さん」

「…………っ！」

そう清涼院に冷酷に告げられ、敗がその全身を竦ませた、そのときだった。

「——ちょっと。私を無視して話を進めるの、やめてもらえませんか？」

拗ねたような少女の声音が、その場に響く。

「私だけを蚊帳の外に置いたまま、そんな風にドンパチ始められても、困るんですけど」

「……！　筆記用具!?」

今の今までその存在を忘れていた、という風に、敗は傍らの青髪少女に呼びかけていた。

「ねえ敗さん。本当に誰なんですか、この人たち？　あなたの昔のお友達かなにかですか？」

とがりは腕組をしつつ、清涼院と守銭道化の方を、ジト目で睨み付けている。

「……ああ。そういえば、あなたのことを放置したままでしたわね」

清涼院は半眼でとがりを見返して、

「なに？　あなたも敗さんと一緒に、わたくしの守銭道化に叩き潰されたいの？」

と、そう面倒くさそうに問いかけていた。

「そもそもあなた、本当にどこのどなたなのかしら？　守銭道化を見ても驚かないということは、嘘についての知識はあるみたいだけれど……さっきも気になったことだけれど、あなた人間なの？　それとも嘘なの？」

「…………」

「人間というなら、大人しくしていれば、怪我一つさせずにおうちに帰してあげますわ。反対に嘘なら、可哀想だけどでたらめちゃんや敗さんもろとも、この場で消滅していただく形になるでしょけど……あなたは一体、どちらなのかしら？」

「……なるほど。やっぱりあなた、本当に東月ちゃんではないみたいですね」

そんな清涼院の表情を冷静に窺うようにしながら、とがりは頷いて、

「その表情、口調、仕草……なにもかも、私の知っている東月(とうげつ)ちゃんとはかけ離れたものばかりです。突然のこと過ぎて、状況を理解するのに時間がかかってしまいましたが、もう惑わされません——あなたは、東月ちゃんの身体(からだ)に勝手に入り込んだ、偽物さんなのですね？」

「……はあ、偽物ねぇ」

くるくる、と退屈そうに指で毛先をもてあそびながら、清涼院(せいりょういん)は言う。

「……で？　わたくしが偽物なら、どうするって言うのかしら？」

「……簡単です。これ以上あなたのような人に、東月ちゃんの身体を汚されないように、ただちに出て行っていただきます」

「…………は？」

「あなたの意志なんて関係なく、私が強制的にそうさせます——あなたのさっきの質問に答えてあげましょう」

すっ、と清涼院の方に掌(てのひら)をかざして、とがりは言い放つ。「私は人間なのか？　それとも嘘(うそ)なのか？　答えは、そのどちらでもありません。

私は土筆ヶ丘(つくしがおか)とがり——東月ちゃんの愛によって生み出された、世界でただ一人の、戦う筆記用具です！」

「……………？」

ぽかん、と口を開けて、清涼院はとがりの方を見返す。「……？　は？　なに言ってるのあなた？　筆記用具……？」

　そして、次の瞬間――

「――あびゃびゃびゃびゃっ！」

　突然に清涼院の口から、そんな奇声めいた叫び声が上がっていた。「びゃっ、びゃっ、びゃっ……！」

「綺羅々(きらら)さまっ⁉」

　ぎょっとしたような守銭道化(しゅせんどうけ)の悲鳴が上がる。

「ど、どうされたんですか⁉」

「……っ！　な、なに……⁉　なんなの、これぇ……⁉」

　頭を押さえて蹲(うずくま)りつつ、苦悶(くもん)の声を漏らす清涼院。

「あ、頭が、頭が割れるように痛い……⁉　気持ち悪い……⁉　あ、あなた一体、わたくしに何をしたの……⁉」

「……へえ。私のテレパシー攻撃の直撃を受けて、まだ正気を保っていられるとは。東月ちゃんの身体を慮(おもんぱか)って、多少は加減したとはいえ、中々にタフですね、あなた」

　そんな清涼院を見下ろしつつ、勝ち誇ったようにとがりは言うのだった。

「さっきのスーパーの店員さんは、今くらいのテレパシーでダウンしてくださったのですけど……精神の耐久力にも、個人差があるということなのでしょうか？」

「……っ！　しゅ、守銭道化！」

清涼院は叫ぶ。「この子、絶対に普通の人間じゃないわ！　遠慮は無用よ、攻撃しなさい！」

「——はっ！　かしこまりました！」

彼女の指示が飛ぶや否や、守銭道化は宙に舞っていた札束の一つをつかみ取ると——さながら野球のピッチャーのような動作で、とがりに向けて投げつけていた。

凄まじい剛速球と化した札束が、うなりをあげながら、とがりの細身の身体へと迫る。

しかし——

「ふん。当たりませんよ、そんなもの」

……その札束は果たして、とがりの身体をすり抜けていってしまった。

「なっ⁉」

「ふふっ、残念でしたね、メイドのおねーさん。私、この世に実在している系の女の子ではないのです。いくら私の身体を攻撃しようとしたところで、無意味ですよ」

「…………⁇」

守銭道化の表情が、困惑に歪む。「……うう、うう～」一方の清涼院も、先ほどのとがりの攻撃がよほど応えたのか、未だ地面に蹲ったままである。

——そして、その一瞬の隙を、敗は見逃さなかった。

「……でかした、筆記用具！」

敗は言いながら、いつの間にか地面に落ちていた鉛筆のビニール袋を拾い——もちろんでたらめちゃんもおぶったまま、清涼院たちに背を向けて、後方へと駆け出していた。

「――っ!?　ちょ、ちょっと、敗さん!?」

ぎょっとしたように声を上げたのは、とがりである。「急にどうしたんですか!?　どこに行くんですか!?　まだ、あの人たちをやっつけられていませんよ!?」

「……っ！　いいから大人しくしていろ！　一旦退却だ！」

「……はあ!?」

とがりは声を荒らげて、

「た、退却!?　何を寝ぼけたことを言っているんですか！　東月ちゃんが、まだ敵の手に落ちたままなのが、分からないんですか!?」

「……その通りだが、今は堪えろ！　あまりにも形勢が悪すぎる！」

「……っ！　ふ、ふざけないでください！　堪えられるわけがないでしょう！　早く戻ってください！　さもないと、あなたの脳みそもつっつきますよ!?　いいんですか!?」

「…………別に戻って戦ってもいいが、その場合、ネコが死ぬ可能性は限りなく高くなるぞ？」

「……え？」

出し抜けにかけられた言葉に、とがりの表情が固まる。「……なんですって？」

「清涼院と守銭道化、あいつらは相当の難敵だ……」走る足を止めずに、敗は言う。「よりにもよって、我々の泣き所が、このネコだということも知られてしまっている。このまま戦えば、まず間違いなくネコの方を狙い撃ちにされるだろう。そうなった場合、今の私ではとても守り切れん」

「……〜〜っ！　だ、だからって、東月ちゃんをこのままにしていくわけには——」

「だから、今だけは我慢しろ。あの清涼院という女は、一般人に危害を加えるタイプの〈嘘憑き〉ではない……そもそも、向こうがその気なら、海鳥東月はとっくに殺されている筈だろう。一旦放置しても、問題はない筈だ」

「………っ！　で、でも！　でも！」

「……あああああっ！　鬱陶しい！　なぜ私が、ネコのためにこんな尽力せねばならんのだ！」

うんざりしたように敗は叫んでいた。

「私自身は、このネコの身体からとっとと解放されたいのに……勝手に足が動いてしまう！　このネコを守るためだけに、身体が動いてしまう！　なんと腹立たしい縛りなのだ！　死んだ方がマシとは、まさにこのことだぞ！」

などと、彼女たちは言い合いながら、夜のいすずの宮を全力で駆けていくのだった。

その場にたった一人、海鳥東月だけを残して。

◇◇◇◇

「……や、やってくれるじゃないの、あの子たち。このわたくしを、まさか出し抜くだなんて」

敗ととがりが去ったあと、しばらくして。

荒い息を吐きつつ、清涼院——海鳥東月の肉体に入った彼女は、よろよろとその場に立ち上がっていた。

「……よろしかったのですか、綺羅々さま？」

と、そんな彼女に肩を貸すようにしつつ、守銭道化が問いかけてくる。

「いくら予想外のダメージを受けたとはいえ、敗さんたちを逃がしてしまって」

「……ええ、別に構わないわ、守銭道化」

ぱんぱんっ、とスカートについた埃を払いながら、清涼院は答える。

「仕留め損ねたのは癪だけれど、別に敗さんやでたらめちゃんごとき、放置しておいたところで何の問題もない筈だもの。

彼女たちには、後でゆっくりトドメを刺しに行くことにしましょう——先に『こちら』の検分を済ませてから、ね」

「……？　検分？」

無表情で、不思議そうに首を傾げてみせる守銭道化。

そんな彼女の目の前で、清涼院は——

「それにしても、おっぱい大きいわね〜、この子」

と、自分の胸——正確には海鳥東月の胸を、両手で思い切り揉みしだいていた。「『入った』瞬間から気づいてはいたのだけど、本当にとんでもない大きさだわ。何カップくらいあるのかしら？」

「………綺羅々さま？」

「……ふふっ、ほんの冗談よ守銭道化」

冷ややかな守銭道化の呼びかけに、清涼院はふるふる、と首を左右に振って、

「ねえ守銭道化。実はわたくし、でたらめちゃんたちを最初に見かけたときから、ずっと気になっていたのよ」

「……？」

「まず、でたらめちゃんと敗さんが一緒に行動しているのは、当たり前のことよ。あの青い髪の子は最後までよく分からなかったけれど、さっきの攻撃？から察するに、まあ普通の人間ではないんでしょう……でも」

と、清涼院は、またも海鳥の大きな胸を見下ろすようにして、

「そんな人外たちと一緒にいた、この子は一体、何者なのかしら？」

そう、興味津々という様子で呟いていた。「そういうわけで、すぐにロープを用意なさい、守銭道化──わたくし、このウミドリトウゲツちゃんと、ちょっとお話がしてみたいわ」

6　喰堂とサラ子

「不味い」

餃子を一齧りしただけで、その男性客は、吐き捨てるように言葉を漏らしていた。

「……え？」

そんな一言を受けて、ショックを受けたように固まる、白い調理服姿の少女。

「だから、不味い、クソ不味い――こんな餃子、家で自分で作った方が、まだマシだよ」

男性客は尚も言いながら、少女の方を振り向いて、「悪いことは言わないからさ。いい加減諦めて、店を閉めたら？　猟子ちゃん」

それは、中華料理店の店内、だった。

いわゆる『中華』と言われて、誰もがイメージするだろう回転テーブルの席に、その男性客は腰を下ろしている。

丸テーブルの上に置かれているのは、焼き餃子と酢醤油の入れられた小皿である。

「……っ！　す、すみません……！」

と、そんな男性客に向けて、心から申し訳なさそうに頭を下げる少女……在りし日の喰堂猟子。「あたし、また上手に作れなかったみたいで……！　す、すぐに新しいのを作り直してきます……！」

「……いや、いいよ別に。食えないってほどじゃないし、作ってもらった分は、全部食うからさ」

「……い、いや、でも――」

「いいんだって――そんなことより猟子ちゃん。一回俺の話、ちゃんと聞いてもらえる？」

男性客は不愛想に言いながら、箸を置き、喰堂の方へと向き直って、

「……俺も本当はね？　猟子ちゃんに酷いことなんか言いたくないんだよ。キミのことは子供の頃から知っているし、それこそキミのお父さんには、これまで散々美味い飯を食わせてもらってきたわけだからね」

「…………」

「でも、いくらなんでも無茶だって。ちゃんとした修業を積んだわけでもない、ただの女の子が、いきなり高校を中退して一つの店を切り盛りしよう、だなんてさ。

今の店内の様子が、その証明みたいなもんだよ……20時過ぎに、お客さんが俺一人だけって、なんなの？　今日だけじゃなく、いつも大体こんな感じなんでしょ？　お父さんがいたときは、席が全部埋まらない夜なんて、ほとんどなかったのに」

「………っ！」

「……というか、それを言うなら、俺も来るべきじゃなかったんだろうけどね。本当に猟子ちゃんのことを思うなら」

ふう、と男性客はため息をついて、

「……まあさ。キミのお父さんのことは、俺も本当にびっくりしたし、悲しかったよ?」

「………………」

「あんなに良い人が、よりにもよって、あんな難しい病気で……随分前にお母さんを亡くした猟子ちゃんからしてみたら、唯一の家族だったわけだし、その早すぎる死を簡単に受け入れられないって気持ちも、分からないでもないよ。だけどさ、猟子ちゃん。今の猟子ちゃんを見て、天国のお父さんは、本当に喜んでくれるのかな?」

「………………」

「高校を中退するのも、お父さんの店を継ぐことも、親戚の人たちからは猛反対されたんでしょ? 正直俺も猟子ちゃんの身内なら、確実に止めていたと思うよ。だって、無茶すぎるもん、いくらなんでも」

「……だから、今からでも店を閉めろって言うんですか?」

と、そこでようやく顔を上げて、喰堂は尋ね返していた。

「あたしなんかに、この店を守るのは、絶対に無理だから……店を潰せって? 父ちゃんが人生かけて築き上げた、父ちゃんがあたしにたった一つ遺してくれたこの店に、自分からトドメを刺せって? そう言いたいんですか?」

「…………まあ、それを決めるのは、あくまで猟子ちゃん自身なんだけどさ」

声音を震わせて訴えかけてくる喰堂に、男性客は決まりが悪そうに目を逸らして、

「でも、俺は思うんだよ。最低限店を続けていきたいのなら、自分でも納得していないよ

うな皿は、絶対にお客さんに出しちゃいけない筈だって」

「……え？」

「ねえ、一つだけ訊かせてよ、猟子ちゃん——この餃子。キミは本当に、この店に相応しい味だと思って、お客さんに出してるの？」

……。……。……。

「ううっ、ぐすっ、うう……！」

そのしばらく後。

厨房の流し場で皿を洗いながら、喰堂猟子はたった1人で、すすり泣いていた。

「……くそっ！　くそっ！　ちくしょうっ、あのおっさん！　言った通り、ちゃんと餃子完食しやがってっ！」

ごしごし、と親の仇のように皿をスポンジで擦りながら、喰堂は叫ぶ。

「不味いっつーんならよ！　ちゃんと残せよ、くそがぁ！　他にも色々注文して、全部完食しやがってよ！　くっそ人格者のおっさんがよぉ！」

ぽろぽろ、とまぶたから涙がとめどなく溢れて、彼女の頬を伝っていく。

「…………ちくしょう！　ちくしょう、情けねぇ！　あんな良い常連さんに、あんな餃子しか出せねー自分が、死ぬほど情けねぇ……！」

喰堂はやがて堪えかねたように、洗い物を中断して、両手で顔を覆っていた。

しかし、そんな彼女を気遣ったり、慰めたりするような人間は、ここには誰もいない。

この厨房には、喰堂猟子以外に、人間は一人もいないのである。

「……くっそ、なんでだ？　ちゃんと父ちゃんの残してくれた、レシピ通りに作ってる筈なのに」

ごしごし、と頬の涙を、取り出したハンカチで拭いながら、宙を睨み付ける喰堂。

「……いや、まあ当たり前だよな。さっきの常連さんの言う通り、あたしは修業を積んだわけでもねー、ただの素人なんだから。ただレシピを見ただけで美味い料理が作れんのなら、世の料理人は誰も苦労してねー。

父ちゃんに、もっと色々ちゃんと教わっとかなかったのが、本当に悔やまれるぜ……たまに店の手伝いしてただけで、本格的に仕事を教えてもらうのは、高校を卒業した後って約束だったからな……」

…………。自分で言っている内に、父のことを思い出したのか、喰堂はまた悲しそうに俯いてしまう。「…………父ちゃん」

喰堂の脳裏を、かつて父にかけられた言葉がよぎる。

――いいか猟子？　良い料理人になりてーなら、食材の『声』を聴けるようになれ。

それは、彼女の父の口癖だった。

――料理の主役は、俺たち料理人じゃなく、あくまで食材だ。

――なぜなら一流の料理人によって調理されたそこそこの食材は、そこそこの料理人によって調理された一流の食材には、絶対に勝てねーからだ。

――俺たち料理人は、ただ食材の『声』を聴いて、それに従うだけでいい。

――その食材のどの部分を、どう扱えば美味くなるのかは、他でもねー食材自身が教えてくれる。

――ま、もちろんそれを聴く『耳』を持つのは、そう簡単なことじゃねーけどな。

――ただ猟子。一生懸命に修業すりゃ、お前ならきっと聴けるようになるだろうぜ。

――なにせお前は、俺の娘なんだからな。

「……『声』なんて、ぜんぜん聴こえねーよ、父ちゃん」

ぽつり、と喰堂は呟く。

「なあ、教えてくれよ……。どうすりゃ、そんなもん聴こえるようになるんだよ……。それが聴こえたら、あたしは父ちゃんのこの店を、潰さずに済むのか……？」

……。……。

「――くそっ！」

やがて喰堂は、自身への苛立ちに堪えかねたように、目の前の調理台を蹴りつけていた。

……と、その衝撃で、調理台の上の吊り戸棚に置かれていた調味料のボトルがバランスを崩して、喰堂の頭上へと倒れ込んでくる。

――ぽかっ！

「いてっ⁉」

思いがけない後頭部への痛みに、呻くような声を漏らす喰堂。「な、なんだ……？」

ごろごろ、と彼女の足元を転がっていたのは、サラダ油のボトルだった。

既に封も開けられ、半分以上が使い果たされている。表面に貼られているのは、『健康！さらっさらサラダ油』というラベル。

「………っ！　最悪だ！　本当にもう、やることなすこと全部うまくいかねー！」

片手で後頭部を撫でつつ、喰堂はうんざりしたように叫んでいた。「……もういい！アホくせー！　今日はもう帰って寝る！　どうせ片付けなんて今やんなくても、明日も客なんて来ねーんだから、一緒だろ！」

ぶんぶんっ、と頭を振り乱すようにしつつ、まだ洗い物の残っている流し場に背を向けて、厨房を立ち去ろうとする喰堂。

当然、そんな彼女の行動が窘められることはない。彼女を窘める人間は、この厨房にはいない。この店で働いている従業員など、喰堂以外に、一人もいないのだから。

「……ははっ、マジで最悪だな、あたし。片付けはちゃんとしねーわ、物に当たり散らすわ。料理人として、料理の味を気にする以前の段階じゃねーか」

と、厨房の電灯のスイッチに指をかけようとしながら、喰堂はまたも、自嘲気味な呟きを漏らして、

「……やっぱり、無茶だったのかな？　あたしみてーなガキが、ただの意地だけで、一つ

の店を守ろうとするだなんて。天国の父ちゃんも、今のあたしの姿を見て、悲しんでいたりすんのかな？

だったらいっそのこと、もう全部諦めちまった方が、いいのかな……？」

……などと、彼女が誰に聞かせるわけでもない、誰にも聞かれたくない弱音を吐いていた、まさにそのときだった。

「――いいや、違うよお嬢ちゃん。あんたは諦めるべきじゃない」

「…………え？」

突如、背後から響いてきた少女の『声』に、喰堂は呆然と、その足を止めていた。

「…………？」

彼女はそのまま、ゆっくりと後ろを振り向く。「…………は？」

「諦めるな、お嬢ちゃん。挫けるな。へこたれるな――だってあんたは、微塵も間違ってなんかいないんだから」

『声』は尚も響いてくる。

喰堂の視線の先、吊り戸棚の真下から、はっきりと響いてくる。

「確かに、あんたの今やっていることは、あんたたち人間の基準からすれば――大人の理屈ってやつからすれば、正しいとは言えない行動なんだろう。賢いとは言えない行動なんだろう。あんたに『もう辞めろ』、『諦めろ』と言ってくる周りの人間たちは、そういう意味じゃ、多分間違っちゃいない。

　でもさ。その人たちが間違っちゃいないからと言って、あんたが間違っているとも限らないんだよ？　人間のお嬢ちゃん」

　そこには当然、人間など誰一人として立っていない。

　当たり前である。

　この厨房には、喰堂猟子以外の人間など、存在している筈がないのだから。

「あんたはまだ子供かもしれないけれど、それでもちゃんと自分の頭で考えて、『料理人をやる』『お父さんの店を守る』って決めたんだろう？　だったらそれを貫きな。もうどうしようもなくなるまで、絶対に自分から白旗を上げたりするな。自分で決めたってことに誇りを持って、誰の言葉も無視して、その道を最後まで走り抜くんだよ。

　その道を選んだのが間違いだったのか、そうじゃなかったかなんて、とどのつまり、その道を最後まで走りきるまでは、絶対に分かりっこないんだからね」

　しかしそれでも、『声』は響いてくるのだ。

　厨房の床の上――そのサラダ油のボトルから、はっきりと。

「それにね、お嬢ちゃん。少なくともあたしは、あんたのやっていることを子供の無茶だなんて思わないよ――だってあんたはもう、立派な大人なんだから。

　近所のスーパーで買われてきてから、大体一週間くらいかね。この吊り戸棚から、毎日一生懸命働くあんたの横顔を眺めてきた、あたしが言うんだから、間違いないさ」

「…………」

そんなサラダ油を、呆然と見つめ返す喰堂。

ややあって、彼女は——

「——うわああああああ!? 喋ったああああああ!?」

と、厨房全体に響き渡るほどの大声を上げて、その場にひっくり返っていた。

◇◇◇◇

「ねえ、いい加減起きてくださらないかしら?」

ゆさゆさ、と肩を揺さぶられて、リムジンのソファに座らされていた海鳥は、ゆっくりとまぶたを開いていた。

「うーん……?」

眠そうな声を漏らしながら、ぼんやりとした顔つきで、きょろきょろと周囲を見渡す海鳥。

「……あれ? ここどこ?」

すぐに彼女は、そこが見ず知らずの場所であることに気づいていた。

そして、反射的にまぶたを擦ろうとしたところで、自分の両手が動かせないことにも気づく——なにか縄のようなもので、両手を後ろ手に縛られている。「……えっ!? えっ!?」

!?
健康！
さらっさら
サラダ油

一瞬で眠気が吹っ飛んだという様子で、海鳥（うみどり）は慌てふためき始める。

「な、なにこれ!?　わ、私、なんで縛られて……!?」

「……。落ち着いてちょうだい」

と、そんな海鳥の前方から、涼やかな少女の声音が響いてくる。

「別に手荒な真似（まね）をするつもりはありませんわ。少なくとも、あなたが大人しくしている限りはね——海鳥東月（とうげつ）さん」

「……え？」

海鳥は弾（はじ）かれたように、声の響いてきた方を振り向く。

そこに佇（たたず）んでいたのは、グレーのドレスを身に纏（まと）った、金髪お嬢様だった。

「…………は？」

ぽかん、と口を開けて、金髪お嬢様を見つめる海鳥。「……？　だ、誰ですかあなた？　ど、どうして私の名前を……？」

「ふふっ、ごめんなさいね～。あなたが眠っている間に、ポケットに入っていた定期入れの中から、学生証を拝見いたしましたわ～」

ニコニコ、と上品な笑みを湛（たた）えながら、金髪お嬢様は言葉を返してくる。「まあ、別に見る必要はなかったのですけど、どうしても漢字が気になったものですからね」

「……??」

「というわけで、はじめまして海鳥東月さん。わたくしの名前は清涼院綺羅々（せいりょういんきらら）——清涼飲料水の『清涼』より下の部分をちょんぎって、代わりに大学院の『院』、綺羅綺羅星の『綺羅』、繰り返し記号のいわゆる『々(ノマ)』の字を加えて、清涼院綺羅々ですわ。今は18歳の高校三年生で、つまり現在二年生の海鳥さんからすれば、一学年だけおねーさんということね。そして、こっちの子は――」

　と、そこで金髪お嬢様――清涼院と名乗った彼女は、横合いに視線を移す。

「…………」

　その場に無言で佇(たたず)んでいたのは、メイド服姿の少女だった。

「――このメイドの子の名前は、守銭道化(しゅせんどうけ)。わたくしの嘘(うそ)ですわ」

「…………え？」

　と、そんな清涼院の一言に、海鳥は驚いてメイドの方を見返す。「…………嘘？」

　――その瞬間、彼女の脳裏に、意識を失うまでの出来事が、すべて蘇(よみがえ)る。

（……っ！　そ、そうだ！　確か私、みんなと一緒に、サラダ油の屋台の近くまで来ていたんだった……。でも、そこで急に意識がなくなって……！
だ、誰なのこの人たち!?　とがりちゃんや敗(やぶ)さんは!?　ここはどこ!?　私、本当になんで縛られて……!?）

「……ふふっ。だから、そんなに怖がらなくても大丈夫よ、海鳥さん」

　と、目をぐるぐると回して混乱し始めた海鳥を、なにやら楽しげに眺めつつ、清涼院は言葉をかけてくる。

「まず言っておきますけれど、さっきあなたと一緒にいた女の子たちは、全員無傷で逃げて行きましたわ。この場に囚われているのは、あなた一人ということよ。そして、わたくしが誰か？　という質問については……きっとこう答えるのが一番スムーズなのでしょうね」

清涼院は言いながら、涼やかに微笑んで、

「わたくしはね、海鳥さん――〈泥帽子の一派〉の、中核メンバーなの」

「…………えっ!?」

途端、更なる衝撃を受けた様子で、目を見開いて固まる海鳥。「……えっ!?　は!?　泥帽子!?」

「……その反応。やっぱり『全部』知っているのね、あなた」

そんな海鳥の表情を窺いつつ、目を細めて言う清涼院。

「そして、随分と思っていることが顔に出やすいタイプなのねぇ……けれど本当に安心してちょうだい。わたくしはあなたのお友達の敗さんとは違って、ただの人間の女の子に、絶対に怪我なんてさせませんから。でたらめちゃんたちの方はともかく、あなたに関しては、最終的にはちゃんとおうちに帰してさしあげますわ。泥帽子さんに誓ってね」

「…………」

そう淀みなく語り掛けてくる清涼院を、海鳥もまた真剣な顔つきで見つめ返して、「……ど、どういうことですか？　なんで〈泥帽子の一派〉のメンバーの人なんかが、こんなところに？」

「……ふん。それはこちらの台詞ですわ」

清涼院は鼻を鳴らして答える。

「人が泥帽子さんのお遣いに精を出しているところに、あなたたちの方から水を差してきたんじゃないの」

「……？」

「敗さんの口から、直接言質を取ったのですから、間違いない筈ですわ。あなたたち、そちらの女性――喰堂猟子さんに用があって、ここまで来たんでしょう？」

「…………え？」

と、清涼院に指し示された先を、やはり弾かれたように振り向く海鳥。

そこには、一人の少女が座り込んでいた。

「……なんだぁ？　急にあたしの話か？」

などと言いつつ、怪訝そうな眼差しで、海鳥の方を見返してくる少女。オレンジ髪で、身長は135㎝、体重は40kg未満といったところ。ラウンドソファに深く座り込んで、床にギリギリ届く程度の長さの足を、ぶらぶらとさせている。

「――あー！」

と、そんな少女の姿を一目見て、海鳥は反射的に叫んでいた。

「く、喰堂さん！　喰堂猟子さんじゃないですか！」

「……は？」

思い切り呼びかけられて、更に不審そうな顔になる少女——喰堂猟子（くどうりょうこ）。

「……いや、誰だよあんた？」

「……！　わ、私のこと、憶（おぼ）えてないんですか⁉　会ったことあるじゃないですか、私たち！　ちょうど1年前くらいに！」

「………？」

が、海鳥（うみどり）の懸命の訴えかけにも、喰堂はただただ戸惑った様子で、首を傾（かし）げるばかりだった——と、そんなとき、

「……ねえ、猟子。この子もしかして、ちょっと前にあんたが話していた、『1年前の巨乳ちゃん』なんじゃないのかい？」

そう喰堂の懐から、少女の声音が発せられていた。

サラダ油である。

「……は？　『1年前の巨乳ちゃん』？」

サラダ油の言葉に、喰堂はきょとんとした顔で、まじまじと海鳥の方を眺めてくる。

「………」が、その視線が、ちょうど海鳥の胸の膨らみ付近に移動したところで、

「——あっ！」

彼女もまた、ハッとしたように声を上げていた。

「うわあ、一気に思い出したぜ、例のおっぱいちゃんかよ……！　その餅つめたみてーな

胸の膨らみよう、1年前に見たまんまじゃねーか……！」

「………？」

しかし、そんな喰堂の視線に対して、一方の海鳥は、なにやら衝撃を受けたように固まっている。

彼女の視線は、既に喰堂ではなく、彼女の懐のサラダ油へと向けられていた。

「……な、なにこれ？　サラダ油が、喋ってる？」

そのあまりに信じがたい光景に、数秒の間フリーズしてしまう海鳥だった……どれくらい当惑しているかと言えば、『おっぱいちゃん』などという失礼極まりない憶えられ方をされていた事実に、まるで意識が行き届いていないほどだ。

が、ややあって海鳥は、どうにか我に返った様子で、顔を引き締めて、

「……や、やっぱりあなた、普通じゃなかったんですね、喰堂さん！　それに、あなたが一年前に私に売ってくれた、サラダ油も！」

と、喰堂を力強く睨み付けるようにして、言葉を発していた。

「本当に、一体なんなんですか、あのサラダ油⁉　あれで天ぷらを揚げようとしたせいで、私の大切な同居人が大変なことになっちゃったんですけど！　どうしてくれるんですか！」

「………」

対して、海鳥の視線を一身に受ける喰堂は、なにやら驚いた様子で、彼女を見つめ返している。

が、不意に口を開いて、「……なるほどな。1年前に渡した『爆弾』が、今さら爆発したって感じか。爆発までにそんなにかかるなんざ、不発弾もいいところだが」

「…………は？」

「で、その爆発のせいでなにかしらの被害が出たもんだから、あたしを探して、ついさっきサラダ油の屋台の前まで来てたってことかよ……なにもかも合点がいったぜ」

喰堂は一人で頷きながら、清涼院の方を振り向いて、言う。「わりー清涼院。そっちの用事の前に、まずこの子に、あたしの話をしてやってもいいか？」

「……はい？」

「こんな夜遅くに、こうしてわざわざ、1年越しに会いに来てくれたんだぜ？　せめて『種明かし』くらいしてやらねーと、可哀想ってもんだろ」

喰堂はそして、また海鳥の方を向き直って、

「……ええと、あんた、確か海鳥ちゃんだったか？　あんた呼びも味気ねーから、今から『海鳥ちゃん』って呼ばせてもらうことにするけどよ。

今回、あたしのサラダ油のせいで、随分と迷惑がかかっちまったみたいだな。本当に申し訳なかった――とは、絶対に言わねーぜ？」

「……え？」

「あたしは謝らねーぜ、海鳥ちゃん。だって最初から、全部分かった上でやったことなんだからよ」

喰堂の瞳は、海鳥の表情をしかと捉えたまま、片時も揺らがない。

「あたしは全部、悪いことだと分かった上で、サラダ油の屋台引きをやってたんだ……だから謝りようがねー。開き直っているわけじゃなくて、これはただの事実だ。海鳥ちゃんは、どうか存分に、あたしのことを恨んでくれ。

　今からあたしのする話は、ただの言い訳だ。なんの弁明にも申し開きにもならねーだろう、ただの自分語りだ……だから海鳥ちゃんは、くれぐれも呆(あき)れ半分で、その耳だけを傾けておいてほしい」

「………」

「それじゃあ、ちょっとの間付き合ってもらうぜ、海鳥ちゃん……まず事の起こりは、あたしがまだ10代の頃だった。そのときのあたしは、ちょうど父親を亡くして、高校を中退したばっかりで――」

◇◇◇◇

物を言うサラダ油に、喰堂が腰を抜かしてへたり込んだ夜から、しばらく後のこと。

ある平日の夜。

件(くだん)の中華料理店の店内は――大勢の人間で埋め尽くされていた。

「うわ～、美味(おい)しい、この餃子(ぎょうざ)！」「美味しい、この麻婆(マーボー)豆腐～！」「この天津飯も美味しい！」「こんなになに頼んでも美味しい中華、中々ないよ！」「流石(さすが)、予約を取りにくいだけのことはあるよね～！」

店内のすべてのテーブル席からは、そんな客たちの楽しげな声が響いてくる。

一つの椅子すらも空いていない、完全な満席状態である。

そして、そんなテーブルの隙間を縫うように忙しなく動いているのは、数人の、ホール担当の従業員たち。

「お待たせしました、海老炒飯お持ちしました！」「紹興酒ですか!? はい、すぐにお持ちしますね！」「申し訳ありません。すぐにご注文お伺いしますので、少々お待ちください……！」

店内の賑わいに、彼ら彼女らの表情には一様に、疲労の色が滲んでいた。しかし、もちろん忙しくしているのは、ホールの人間ばかりというわけではない。

「――店長！ また追加で、焼き餃子の注文入りました！ お願いします！」「飲茶セットお願いします！」「台湾風焼きそばお願いします！」「店長！」「店長！」「店長！」

と、ホールから厨房に向けて、次々と注文を伝える声が飛び交う。

それを受けて、厨房のど真ん中で中華鍋を火にかけている、オレンジ髪の小柄な少女は、頷いて、

「おう、全部了解だぜ！」

そう元気よく叫び返していた。

「了解！」「了解！」「了解です！」

——そして、そんな彼女の応答に続くようにして、残りの従業員たちも順番に声を発する。

かつては喰堂1人しかいなかった厨房だが、今は彼女の他に、3人の調理スタッフが働いていた。

「わりーなみんな、今日もこき使っちまって！　もうちょいでピークも過ぎる筈だから、頑張って乗り切ろうぜ！」

言いながら喰堂は、慣れた手つきで、まさに調理の最中だったメニューの仕上げにかかっていく。

彼女の目の前で焼かれているのは、餃子である。

しかし色合いといい、漂ってくる匂いといい、少し前に彼女が焼いていた餃子とは、完全に別物だ。

「…………」

と、そんな喰堂の餃子を焼く姿を、なにやら感嘆したように眺めてきている従業員が一人。「……うっわ〜、すっげ〜。美味そ〜」

「……？　おい、どうしたヤノくん？」

従業員の視線に気づいたのか、喰堂は半眼で彼を睨み返して、

「手ぇ止まってんぞ？　ぼーっとしてんじゃねーよ、このくそ忙しいときによ」

「……！　あ、すみません、店長！」

従業員はハッとしたように言葉を返してくる。「店長の餃子が美味そう過ぎて、つい……俺、客として来たときに食った店長の餃子が美味すぎて、この店で働きたいと思ったくらいなんで！」

「……。はっ、そうかよ。じゃあ営業終わったら、賄いで食わせてやっから、もうちょっと頑張んな」

「──！　マジっすか！　やった、嬉しいな～！」

と、心から嬉しそうに言いながら、また作業に戻る従業員だった。

「しかし、本当に天下一品ですよね～、店長の餃子って。他の店で食べるのと、全然違いますもん……つーか、マジでなんであんな美味いんすか？　そこまで特別な食材を使っているわけでもない筈ですよね？」

「……あー？」

そんな風に語り掛けてくる従業員を、喰堂はまたちらりと見返して、

「……そりゃ、簡単だよヤノくん。あたしは他の料理人と違って、『ズル』してるからな」

「え？」

「いいか？　やることはたった一つだ」

なにやら自嘲気味な笑みを見せつつ、喰堂は言う。

「『声』を吹き込むんだよ、食材にな……例えば餃子を焼くときなら、吹き込む対象は豚肉とかキャベツとかだ。なにも難しいことはねー。その食材に手を触れて、ちょっと力を

込めるだけで、仕事は完了さ」

「…………？」

「ただ、このときのポイントは、食材を『人間』にしちまわねーように気をつけることさ。そんなもんお客さんに出していいわけねーし、倫理的にも、あたしの気持ち的にもアウトだからな。

本当に、ただ『声』だけを吹き込んで、後は食材に教えてもらうだけでいいんだ。どういう部分を、どんな風に扱えばいいのか？　ってことをよ。所詮あたしら料理人は、その『声』を聴いて、それに従うことしか出来ねーんだから」

「…………」

滔々と語ってくる喰堂の横顔を、従業員は困惑した様子で眺めていた。「……いや、店長？　それ一体なんの話っすか？」

「……さあ、なんだろうな。そもそも、ヤノくんに説明したって仕方のねー話なんだが」

ぽりぽりと頬を搔きながら、喰堂は尚も口を開きかけて、

「──ちょっと猟子！　あんた、自分がお喋りして、ヤノくんの手を止めちまってどうするんだい！」

──と、そんな彼女を一喝するような声が、厨房の吊り戸棚から響いてきていた。

「今は忙しいときだって、自分で言ったばっかりだろうが！　店長のあんたが、一番頑張って働かないといけないんだよ!?　分かってんのかい!?」

「……っ！　うっせーなサラ子！」

上から降り注いできた怒鳴り声に、喰堂（くどう）は顔をしかめて、サラダ油を睨（にら）み返（かえ）す。「もちろん分かってんよそんなこと！　つーかてめーこそ、くそ忙しいときに喋（しゃべ）りかけてきてんじゃねー！　厨房（ちゅうぼう）からつまみ出すぞ！」

「はあ!?　つまみ出す!?　なんて言い草だい！　仮にもこの厨房の中で、あんたの次に古株のあたしに対して！」

「知らねーよ！　なんだよ古株って！　お前基本的に何もしてねーだろうが！　ただそこに飾られてるだけでよ！」

「…………」「…………」「…………」「…………」

そして、そんな風にサラダ油と元気良くお喋りをする喰堂の姿を、厨房の調理スタッフ、そしてホール担当のスタッフたちは、気の毒そうな顔で見つめている。

「……また始まったよ、店長の例のアレ」「また『サラ子さん』かよ……」「アレさえなければ、いい店長さんなのに……」「優しいし、相談とか乗ってくれるし、料理人としても尊敬できるし……」「本当に、アレさえなければ……」「やっぱりあの年齢で店を経営するとなると、ストレスも尋常じゃないんでしょう……」「せめて私たちだけは、店長の味方でいてあげましょうね……」

従業員たちの間でそんなひそひそ話が交わされるものの、サラダ油との会話と、手元の餃子（ぎょうざ）の焼き色に集中している喰堂は、それに気づかない。

――結局その日も、営業は大盛況の内に終了した。

そして、同じ日の夜。

喰堂猟子は、自身のアパートの部屋のリビングにて、コーラのペットボトルを片手に、余暇の時間を楽しんでいた。

「あ～！　やっぱ仕事終わりは、冷えたコーラに限るぜ～！」

ぐびぐび、とコーラを喉の奥へと流し込みながら、心地よさそうな声を漏らす喰堂。ちなみに彼女の目の前のテレビでは、録画してあった連続ドラマが垂れ流されている。

「速攻で風呂と飯済ませて、コーラ準備して、どうでもいいようなドラマを脳死で見る！　この瞬間がたまんねーんだよなぁ！」

「……あたしとしちゃ、あんまり感心しないけどね」

と、そんな彼女を窘めるように、横合いからサラダ油――サラ子が言葉をかけてくる。どうやら彼女も喰堂と一緒に、ドラマを視聴しているところらしい。

「他のことはともかく、そんな毎日コーラを飲むなんて、どう考えても身体に悪いよ。美味しいのは分かるけど、せめて二日に1本とかにしときな。それで店長のあんたが健康を損ねたりしたら、せっかく働いてくれている従業員の子たちに、申し訳が立たないだろう？」

「……あー？　うっせーなお前は本当、いちいち」

と、喰堂は面倒くさそうな声音で言いながら、サラ子の表面をつんつん、と叩いて、

「大体、なにが『美味しいのは分かるけど』だよ。お前知らねーだろ、コーラがどんだけ美味ーかなんて。サラダ油なんだから」

「……ふん。飲まなくたって分かるさ。コーラを飲むときのあんたの幸せそうなアホ面を、こうも毎日見せられちゃあね」

からかうような口調の喰堂に対して、サラ子はぶっきらぼうに言葉を返す。

しかし、言い合うような会話の内容とは裏腹に、お互いのその声音には、随分な気安さが滲んでいる様子だった。

まるで口喧嘩をしてじゃれ合っている、実の姉妹のような雰囲気である。

（……最初こいつが喋りかけてきたときは、マジぶったまげたもんだけどよ～。とりあえず店には置いとけねー、ってなって、なんやかんや一緒に暮らし始めたら、速攻で馴染んじまったよな。適当につけた『サラ子』って呼び方にも、今や違和感まったくねーし）

さらにコーラに口をつけながら、喰堂はしみじみとサラ子を見つめる。（それにしても、サラダ油と仕事終わりにドラマを見るのが日課になるなんて、昔のあたしに教えても、まず信じねーだろうな……）

「――あっ！　ちょっと！」

と、そこで出し抜けにサラ子が叫んでいた。「ちょっと！　テレビの音量上げておくれ、猟子！　今すぐに！」

「……あ？」

そう促されて、怪訝そうにテレビの画面を振り向く喰堂。

画面上では、ちょうどドラマの本編と本編の合間に、ＣＭが流されているところだった。

「……ああ」と、そんな画面を一目見ただけで、喰堂は納得したような声を漏らして、

「またこれか……」

――それは○○食品、『健康！　さらっさらサラダ油』のＣＭだった。

《わああ！　どうしよう！　ボウリングのピンが、全部サラダ油になっちゃった～！》

画面上では、そんな困ったような声を漏らしつつ、若手女優がボウリングボールを抱えて佇んでいる。

どうやらボウリング場が舞台らしく、本来ならピンが立っているべき位置に並んでいるのは、10本のサラダ油である。

《ええいっ、ままよっ！》

と、ややあって若手女優は意を決したように、手元のボールをサラダ油に向かって投げつける。

ごろごろ、と美しい軌道を描いてボールは転がり、10本のサラダ油の、ちょうど中心部に激突する。

がこっ！

果たして、およそサラダ油から響く筈のない音とともに、サラダ油は10本とも倒れてし

まう。ストライクである。

《きゃ～！　どうしよう！》

そして、ストライクを確認した途端、若手女優はその身をクネクネとさせて、

《健康になっちゃう～！　助けて～！　いや～！》

なにやら絶叫した直後、全身が光の粒となって、その場から消滅してしまった。

——代わりに、ぽんぽんっ、とそこら中から、天ぷらやら唐揚げやらの料理が現れて、画面全体をあっという間に埋め尽くしてしまう。

《全身がさらっさらになる美味しさ！　とても健康！　○○食品より、『健康！　さらっさらサラダ油』、絶賛発売中！》

「………いや、マジでなんだよこのCM？」

CM映像を最後まで見届けたのち、喰堂はぼそりと呟いていた。「つーか、なんだサラダ油のCMって？　普通そんなん流すか？　なに考えてんだ、ここの食品メーカーは？」

「——きゃあああああっ！」

が、そんな喰堂と対照的に、興奮したような声を上げていたのは、サラ子だった。

「す、凄い～！　凄い面白いCMだったよ～！　さ、流石は日本一の食品メーカーさんが作った、国内ナンバーワンシェアのサラダ油だけあるよ！　ほ、誇らしい……！」

「……それで、お前はどういうテンションだよ？」

サラ子の異様な浮かれっぷりに、つい傍から突っ込んでしまう喰堂。「お前、マジでこ

のＣＭ見るたびにはしゃいでるよな……あれか？　なんかのスポーツで日本人の選手が活躍したら、自分とはぜんぜん関係なくても、つい嬉しくなっちまうとか、そういう……」

しかし、そんな喰堂の呟きも、今のサラ子の耳には一切届いていない様子だった。「きゃあああああ！　きゃあああああ！」彼女は完全に自分の世界に入ってしまったらしく、ただただ幼い子供のような歓声を上げ続けている。その姿に、普段の大人っぽい彼女の面影はどこにもない。

（……本当、調子狂う奴だぜ、こいつ。普段は母ちゃんみてーな小言ばっかり言ってきやがる癖に、たま〜にガキみてーなテンションになるんだよな）

ぽりぽり、と頬を掻きながら、喰堂はじっとサラ子を見つめて、（……。まあ、そんなとこも含めて、あたしは嫌いじゃねーんだけどよ）

「……ああ、そういえば猟子」

と、そこで一通りはしゃぎ終わったのか、ふと我に返った様子で、サラ子は語り掛けてくる。「後で訊こうと思っていたんだけどさ。あんたなんで、さっきあんな嘘吐いたんだい？」

「……？　嘘？」

「ヤノくんに話していたじゃないか。自分は『ズル』をしているから、美味しい料理を作ることが出来るんだって」

サラ子はなにやら不満そうな口調で言う。「あたしはあのとき、なんであんたがそんな嘘吐くのかって、驚いちまったよ。だってあんた、なにも『ズル』なんかしちゃいないじゃないか」

「……は？」

サラ子の言葉に、喰堂は戸惑ったように目を見開いて、

「……いや、何言ってんだよサラ子？　あたし、『ズル』めっちゃしてるじゃねーか」

と、答えていた。

「この食材に『声』を吹き込むって力は、他の料理人が持っているわけでもなく、あたしが努力して手に入れたわけでもねー、完全な飛び道具なんだからよ。それを使って店をここまでデカくしたのは、『ズル』以外の何物でもねーだろ。

……当時のあたしにとっちゃ、あくまで優先すべきは、父ちゃんの店を守ることだった。だから、思いがけず手に入れたこの『ズル』の力を使うことに何の躊躇もなかったし、今も後悔してねーよ。でも、それで変に人から評価されたり、胸を張ったりするのはどう考えてもちげーだろ。だってこんなもん、あたしの料理人としての実力じゃねーんだから」

「………………はあ？」

と、そんな喰堂の返答を受けて、サラ子もまた、困惑したような声を漏らす。

「いやいや、あんたの方こそ何言ってんだい？　今の店が大きくなったのは、全部あんたの実力に決まっているじゃないかい、猟子。

あの『能力』は、あんたしか持っていない力なんだから、そんな『ズル』とか卑下せず

に胸を張ればいいと思うし……なによりあんた最近はもう、『能力』をぜんぜん使ってもいないいんだしさ」

「…………っ！」

と、サラ子の一言に、喰堂は驚いたように顔を引きつらせて、

「……嘘だろ？　サラ子、お前、気づいてたのか？」

「――はっ！　なんだい、あんたまさかバレてないと思ってたのかい？　あんまり舐めんじゃないよ！　あんたの仕事ぶりをずっと傍で見てきた、あの厨房であんたの次に古株なあたしの目をさ！」

なにやら得意げな声音で、サラ子は言う。

「とっくにお見通しなんだよ、あたしは。最初の内こそ、『能力』に頼らなきゃまともにお客を呼び込めなかったあんたは……毎日たくさんの仕事をこなしていく内に、もう『能力』になんて頼らなくても、食材の『声』を聴けるようになったんだろう？　お父ちゃんと同じ領域に到達しちまったんだろう？　違うかい？」

「……。いや、父ちゃんと同じ領域かどうか分かんねーけど」

わしゃわしゃ、と自分の頭を掻くようにしながら、喰堂は答える。

「……でも最近、確かにそういう『感覚』があるのは間違いねーんだよな。食材の見極め方や扱い方が、いちいち考えなくても分かるようになってきたっつーのかな。実際ここ最近は、一切『能力』に頼らなくても、今までとまったく同品質の料理をお客に提供できて

るみてーだし」

「……ふん、なるほどね。つまりあんたには、素質そのものは元からあったってわけだ」

サラ子は納得したような声を漏らして、

「昔のあんたは、専門的な修業を何一つ積んでいなかったものだから、その素質を活かせなかったけれど……食材の『声』を実際に聴くなんていう、特殊すぎる訓練を図らずとも積んだおかげで、料理人として大幅にジャンプアップできたと。才能が花開いたと」

「……だとしても、それはやっぱり『ズル』をして得られた結果なんだと思うぜ、サラ子」

喰堂は苦笑いをしつつ言う。

「本当は10年や20年は必要だったんだろう修業期間を、あたしは『ズル』をして、こんな短期間に省略しちまったんだ。やっぱり素直に胸は張れねーよ。ちゃんと『ズル』をせずに頑張っている他の料理人たちに、申し訳が立たねー」

「……………猟子」

そんな風に語る彼女の名前を、なにやら歯がゆそうに呼びかけるサラ子。「……まったく面倒な子だよ、あんたは。あんたはあんたで、他の料理人がしていないだろう苦労を、それなりに積んできてはいるっていうのにさ。

……でもまあそうなってくると、あんたの『食材の声を聴く』って『能力』は、完全に無用の長物になっちまったよね」

「……え？」

「だってそうだろう？　もう自力で美味しい料理を作れるのなら、そんな変な『能力』を持ってたって、何の役にも立ちやしないじゃないか」

「…………なに言ってんだよ」

ぼそり、と喰堂は呟く。「……確かに料理には、もう使わねーかもしれねーけどよ。あたしにとっちゃ相変わらず、かけがえのねー『能力』だって」

「…………？」

「だってこの『能力』を失っちまえば……もう誰かさんとお喋りしたり、出来なくなるわけだろ？」

サラ子から視線を逸らしつつ、なにやら照れを誤魔化すような口調で、喰堂は言うのだった。「だとしたら、絶対に失うわけにはいかねーよな。あたし、今さら一人暮らしに戻るのなんて、絶対に御免だぜ？」

「…………猟子」

「――なんつって！　あんまり恥ずかしいこと言わせんなよな、サラ子！　いいから、さっさとドラマの続き見ようぜ！」

「…………」

などと言いつつ、リモコンを操作し始める喰堂。

対してサラ子の方は、何故か無言のままだった。

「…………」

◇◇◇◇

——などと、リムジン内で海鳥（うみどり）が喰堂（くどう）の過去を聞かされている、同時間帯のこと。

リムジンからかなり離れた位置にある、児童公園の、公衆トイレ前。

「これでよし、だな」

リュックサックを背負った敗（やぶ）は、背中を振り向きながら、そう淡々と声を漏らしていた。

「それでは今から、例の屋台の場所に戻るが……準備は出来ているか、筆記用具？」

「はっ。誰にモノを言っているんですか」

リュックサックの中から言葉が返される。「まあ正確に言えば、準備の方は出来ていても、居心地は最悪ですけれどね。こんなリュックサックの中に押し込められて、敗さんなんかに背負われる、だなんて」

「……はあ？　あまりアホな文句をつけるなよ、貴様。お前を背負うためにわざわざ、近くの店でリュックサックなど買ってやったんだぞ？」

お互いに不機嫌そうな声音で言い合う敗、そしてとがり。

ちなみに、先ほどまで敗に背負われていたでたらめちゃんは、やはり気を失ったまま、女子トイレの個室の中に寝かされている。

「とにかく、精々気張れよ、筆記用具。私が守銭道化（しゅせんどうけ）に勝てるかどうかは、お前が例のテレパシーとやらで、あの清涼院（せいりょういん）にどれだけダメージを与えられるかにかかっているのだからな」

「もちろん、言われるまでもありません。その清涼院さんとやらは、身の程知らずにも私の東月ちゃんの身体に無断で入り込んだ、敗さんと並ぶほどのカス女ですからね。ギリギリ死なない程度に、存分に脳みその奥をつっついてやりますよ」

「……しかしまあ、お前の援護があったところで、私たちに勝機があるのかと言えば、甚だ怪しいものだが」

と、リュックサックの中のとがりに聞こえない程度の小声で、敗は呟く。

「一番のネックは、この筆記用具の存在そのものが、喰堂猟子の嘘によって成り立っているらしい、ということだ。もしも喰堂猟子と清涼院が既に通じていたとして、こいつの力を喰堂猟子に根こそぎ奪われてしまえば……その時点で、我々の敗北は決定的だろう。

まあ、私はむしろ、そちらの方がありがたいのだがな。とにかくこのネコさえ死ねば、私は解放されるのだ。空気中を漂う塵のような嘘に戻ることが出来るのだ。わざと失敗は出来んという『縛り』も、どうあっても失敗するという状況でなら、意味を成さなくなる……くくくっ！」

「……？　ちょっと、さっきから一人で何をぶつぶつ言っているんですか、敗さん？」

「……いいや、なんでもない。こちらの話だ」

思わず歪んでしまっていた口元を押さえながら、敗はリュックサックを背負い直して、公園の出口へと向けて歩き始める。「さあ、とっとと戻るぞ――」

「――待て」

と、そのときだった。

敗の後方から、出し抜けに、少女の声が響いてきていた。

「ちょっと待て、いい、敗ちゃん」

「…………はあ？」

果たして、突然の呼びかけに、敗は驚いたように後ろを振り向いて、

「…………？　誰だお前は？」

◇◇◇◇

「…………は？」

ある夜のことだった。

いつものように部屋でドラマを見ていた喰堂猟子（くどうりょうこ）は、出し抜けにサラ子から告げられた事実に、愕然（がくぜん）と固まっていた。

「……ちょっと待て。お前いま、なんつった？」

「………」

喰堂の問いかけに対して、隣のクッションに座らされたサラ子は、無言のままである。

「……自分はもう、長くない⁉　これ以上あたしと一緒にはいられねー⁉　どういうことだよ、それ！」

　堪(たま)りかねたように喰堂は叫ぶ。「ちゃ、ちゃんとあたしに分かるように説明しろ！　なんかの冗談か⁉　だとしたら、マジぶっ飛ばすからな、てめー！」

「…………冗談なんかじゃないさ」

　と、そこでサラ子は、悲しそうに声を漏らして、

「実はね、猟子。あんたには、今まで伝えていなかったんだけど……最近あたし、時々すごく眠たくなることがあるんだよ」

「……は？」

「意識が途切れ途切れになる感覚、とでも言えばいいのかな。一日の中で、そう何度もあることじゃないんだけど……でも日を追うごとに、その眠気の来る間隔も、段々と短くなってきているんだ」

「…………⁇」

「そして猟子、あたしは思うんだよ。もしもこの眠気に抗(あらが)えなくなれば、完全に眠りについてしまえば……あたしはもう二度と、目覚めることは出来ないんじゃないかって」

「…………っ！」

　喰堂の表情はいっそう引きつる。「はあ⁉　眠気⁉　な、なんだよそれ⁉　あたしの『能力』で、そんなトラブル、今まで起こったこと――」

「……まあ、おおよそ察しはつくけどね」

サラ子はあくまで淡々と告げてくる。

「恐らく、酸化のせいだろうさ」

「…………は？」

「サラダ油にも、『賞味期限(じゅみょう)』がないわけじゃあない。水分がないから腐ることはないけれど、一度封を開けて空気に触れちまえば、否応なしに酸化するんだ。

まあこんなこと、料理人のあんたにわざわざ話すのは、釈迦(しゃか)に説法もいいところだろうけど」

「………？」

だが、そんなサラ子の言葉にも、喰堂(くどう)は理解できない、という風に顔をしかめて、

「……は？　お前の中身が酸化したから、なんだっつーんだ？　そんなのお前の意識には、なんの関係もねー筈(はず)だろ？　だってお前の人格は、あくまでも私の『能力』で生まれたものなんだから――」

「何言ってるんだい、猟子(りょうこ)。だからこそ、だよ」

喰堂の言葉をぴしゃりと遮るようにして、サラ子は告げてくる。

「あんたのその、タネの分からない不思議な『能力』にはさ。食材に『声』を与えるっていう、一応の但し書きがついていた筈だろう？

だとすれば――もしも『声』を与えた食材が、もう食材ではなくなってしまえば、『声』

は聴こえなくなってしまう。そうは思わないかい？」

「…………〜〜〜っ!?」

途端、ハッとしたように息を呑む喰堂だった。「……う、嘘だろ!?　なんだよそれ!?　確かに、理屈としてはそうなのかもしんねーけど……！」

「——まあ、当然と言えば当然の話なのかもしれないよね、猟子。あんたがその『能力』を手に入れたいと願ったのは、あくまでもお父さんの店を守りたかったからだ。使いさしのサラダ油を『家族』扱いして、二人きりの『姉妹ごっこ』を楽しむためなんかじゃ、決してなかった筈さ」

「…………っ！」

かけられた言葉に、ぎりっ、と喰堂は唇をかみしめるようにして、「……お、おい、そんな言い方ねーだろ、サラ子。『姉妹ごっこ』って……お前はどうだか知んねーけど、少なくともあたしはお前のことを、本当のおねーちゃんみたいに——」

「だから、それがそもそもの間違いだったって言っているのさ」

「……え?」

「どうかしていたんだよ……あんたも、それからあたしもね。人間とサラダ油が、こんな風に仲良く暮らすなんて、そもそも普通じゃなかったのにさ」

自嘲気味にサラ子は呟く。

「……ああ、この際だから認めるよ、猟子。あたしも、あんたとの二人暮らしは、正直悪くなかったよ。毎日楽しそうに働くあんたを眺めたり、こうして毎晩あんたとくだらないドラマを二人で見たりするのが、楽しかった……手のかかるあんたのことを、実の妹みたいに思っていた。所詮はサラダ油の分際で、人間さまを相手に、ね」

「……っ！　サラ子、待てよ！　あたしは――」

「だけどもう、あたしたちはここでお別れなんだ、猟子」

　悲しみを無理やり押し殺したような声音で、サラ子は言うのだった。

「あたしとあんたの気持ちがどうあれ、『賞味期限』っていう絶対的な運命だけは、変えようがない。今日明日ということはない筈だけど、近い将来あたしは意識を保てなくなって、あんたの前からいなくなる。あんたはまた、独りぼっちになる」

「………………！」

「……今この話をしたのは、そのときに備えて、心構えをしてもらうためさ、猟子。あたしがいなくなることで、またお父さんが死んだ直後くらいのあんたに逆戻りされたら、堪らないからね。

　でもまあ、今のあんたには、あの店がある。店で一緒に働いてくれる、従業員の子たちもいる。だからそこまで心配はしていないよ。どうしても家族が欲しいっていうのなら、あんたはそういうのまったく興味ないみたいだけど、どこかでいい人を見つけてくればいいだけなんだし」

「………」

「とにかくね、猟子。あたしとお別れした後も、あんたが元気に楽しく生きていってくれるのなら、あたしはそれだけで満足なんだよ。何の心残りもなく、天国に行ける……ねえ、分かってくれたかい？」

「…………………」

喰堂（くどう）は、そんなサラ子の問いかけに、じっと彼女の方を見返していた。

まるで自分の中で、何か大事なものをかみしめているかのように。

何かとても、大きな覚悟を決めようとしているかのように。

「…………分かったよ、サラ子」

ややあって、彼女はそう呟（つぶや）くと――居間のテーブルに置きっぱなしにしてあった、仕事用のノートパソコンを開いていた。「とりあえず、すぐに準備済ませるから、ちょっとだけ待ってろ」

「……は？」

突然の喰堂の行動に、困惑したような声を漏らすサラ子。

「……？　あんた、急にどうしたんだい？」

「見て分かんねーのかよ。仕事だよ、仕事」

喰堂は真剣な表情でパソコンの画面を見つめたまま、ぶっきらぼうに答える。

「とりあえず、ウチの従業員（みんな）の再就職先を見つけてやらねーとな」

「……え？」

「あたしにも伝手（って）がねーわけじゃねーし、あいつらみんな優秀だし、まあなんとかなるだろ。

　で、それが全員分終わったら、速攻で店を閉めるぜ」

「…………はあ!?」

　淡々と発せられた喰堂（くどう）の一言に、ぎょっとしたように叫ぶサラ子だった。

「ちょ、ちょっと待ちな！　あんた一体、なにを言い出して――!?」

「だって、店なんてやってる場合じゃねーからな」

　カタカタ、とパソコンのキーボードをたたきながら、喰堂は言う。

「お前のことは、あたしが絶対に助ける。あたしがお前を、人間にしてやる。だから『お別れ』なんて、そんな言葉、もう二度と使うな」

◇◇◇◇

「……え？　ちょ、ちょっと待ってください。そこからどうやって、サラダ油の屋台を引く話に繋（つな）がるんですか？」

　そこまで話を聞き終えて、海鳥（うみどり）が発していたのは、そんな困惑の一言だった。「私、今のところ、全然話の繋がりが見えてこないんですけど……？」

「……はあ？　なに言ってんだ海鳥ちゃん？　むしろ繋がりしかねーじゃねーか」

　対して喰堂は、けだるげな口調で、言葉を返してくる。

「あたしがサラダ油の屋台を引くことにしたのは——言うまでもなく、サラ子を人間にするためだよ」

「……え？」

「……ああ、そうだよ。あたしはとにかく、サラ子を助けてやりてーんだ。サラ子に寿命のことを聞かされてから、あたしはこの1年間、本当にただそれだけのために生きてきた」

喰堂は滔々と語る。「誰が何と言おうと、あたしはこいつに、酸化なんてふざけた死に方は絶対にさせねー。そのためなら、父ちゃんの店を閉めるのだって、惜しくもなんともなかった。もう死んじまった父ちゃんよりも、まだ生きているこいつの方が、あたしにとっては何万倍も大事だからな」

「——だからあたしは、そんなこと望んじゃいないって、何遍も言っているだろう、猟子！」

と、そんな喰堂の言葉を遮るようにして、サラ子の一喝が響いていた。

「あたしがいつ、長生きしたいなんてあんたに頼んだんだい？　いつ、人間にしてくれなんて頼んだんだい!?　こんなのはね、ただのあんたのエゴの押し付けだよ！　あんたが店を閉めると決めたとき、あたしがどんなに悲しい思いしたか、想像できるかい!?」

「……うっせーなサラ子。だから何度も言われるまでもなく、とっくに分かってんだよ、そんなことは」

鬱陶しそうに顔をしかめながら、懐のサラ子に言い返す喰堂。

「ただ、あたしがサラ子を助けることを決意して、最初にぶち当たった壁は——サラダ油を人間にする方法なんて、この世には存在してねーってことだった。

まあ、当たり前の話だよな。サラダ油は人間にはならねー。あたしがどれだけサラ子のことを思おうと、何をどれだけ捨てようと、そのルールが覆ることはねーんだ。少なくとも、普通の方法なら、よ」

「…………」

「けどよ、海鳥(うみどり)ちゃん。あたしは海鳥ちゃんも知っての通り、『普通』じゃねー。その時点でもう、そんな絶対的なルールを覆すことの出来る不思議な『能力』の存在を、喰堂(くどう)猟子(りょうこ)は既に知っていたんだ」

喰堂はそこで、自らの掌(てのひら)に目を落として、

「食材に『声』を吹き込む……この『能力』の正体が嘘(うそ)だって聞かされたのは、ついさっきのことなんだけどよ。それでも当時のあたしは、自分なりに『能力』に対して、ある程度の予測みてーなものを立てていたもんだったぜ。

たぶん、あたしが食材の『声』を聴けるようになったのは——あたしがそれを、強く望んだからなんだろうって。『これが本当になってくれるなら死んでもいい』ってくらいの気持ちで、食材の『声』を聴くことを願ったからこそ、実現した奇跡なんだろうって」

「…………」

「まあ、もちろん食材の『声』なんて聴けたところで、サラ子を助けることは、やっぱり

出来ねーんだけど……でもあたしは、それを知っていたおかげで、思い付けたんだよ」

「……？　思い付けた？」

「簡単だよ——本当に、ただ思っただけで奇跡の力が手に入ったっつーんならよ。あたし以外にも、似たような奴がいるんじゃねーかってな」

喰堂はシニカルな笑みを湛えて、

「つまりだ、海鳥ちゃん。あたしはこう考えたのさ——あたしにサラ子を救えないのなら、他の誰かに、サラ子を救ってもらえばいいだけだって」

「……。喰堂さん以外の、誰か？」

「要するに、そういう『能力』を持った人間を、『サラダ油を人間にする〈嘘憑き〉』を、どこかから見つけてくりゃいいんだよ。で、そいつに頼んで、サラ子を人間にしてもらうんだ。そうすりゃサラ子は救われる。ガキでも分かる簡単な理屈さ。違うか？」

「…………」

と、そんな喰堂の言葉に、海鳥はぽかん、と口を開けて固まっていた。

「……？？　いや、なに言っているんですか、喰堂さん？」

ややあって彼女は、やはり困惑したように言葉を返す。「た、確かに、理屈としてはそうでしょうけど……『サラダ油を人間にする〈嘘憑き〉』？　なんなんですか、それ？そんな、喰堂さんにとって都合の良すぎるような〈嘘憑き〉、どこかにいるんですか？」

「……まあ、まずどこにもいねーだろうな」

海鳥の問いかけに、喰堂は即答していた。

「どこにもいねーだろうから、作ることにしたんだよ、あたしは」

「…………え？」

「だからあたしは、『サラダ油の屋台引き』になったんだ」

ぎゅっ、と自らの掌を握りしめるようにして、喰堂は言う。

「あたしはな、海鳥ちゃん。バイトのあるときはスーパーで、休みの日は屋台を引いて、とにかくこの1年間、ありとあらゆる人間にサラダ油を売り続けてきたもんだったよ。もちろんそのサラダ油は、ただのサラダ油じゃねー。あたしの嘘で『声』を吹き込まれた、『喋るサラダ油』だ。すると、何も知らずにそれを買った連中は、一体どうなると思う？」

「…………？」

「急に喋り始めるサラダ油を、普通に気味悪がるだけかもしれねー。自分の頭がヘンになったと思って、病院に通うようになるかもしれねー。あるいは、もしかしたら――」

そこで喰堂は、懐のサラ子を見下ろすようにして、

「あたしとサラ子みたいに、友達みたいな関係になる奴だって、いるかもしれねー。ここまで話せば、もうあたしが何を言いたいのか分かるよな、海鳥ちゃん？

そのサラダ油だって、いずれは酸化して、寿命を迎えちまうわけだ。そんなとき、そのサラダ油を友達だと思っているどこかの誰かは、一体なにを考えると思う？　――そんなの決まってる。今のあたしと、まったく同じことさ」

「………っ！」

と、そこまで説明されて、海鳥もようやく理解できたという様子で、喰堂の方を見返していた。「……う、嘘でしょ、喰堂さん？　それってつまり、〈嘘憑き〉の養殖ってことですか？

自分にとって都合のいい〈嘘憑き〉を生み出すために、自分の〈嘘憑き〉としての力を使って、そういう環境を意図的に作り出そうとしたって？　そのためだけに、サラダ油をばらまいていたって、そういうことですか？」

「……理解してくれたみてーだな」

喰堂は無表情で頷いて、

「だからあたしは、『健康！　さらっさらサラダ油』以外は売らねーってわけなんだよ。サラ子と関係のねーサラダ油を助けられても、仕方ねーからな

つまり1年前の海鳥ちゃんは、あたしの『養殖計画』に、たまたま巻き込まれちまったってわけさ……だからその節は、本当に災難だったな。最初から海鳥ちゃんを騙すつもりでやったことだから、やっぱり謝ったりは出来ねーんだけど」

「…………喰堂さん」

「……っ！　本当にいい加減にしなよ、猟子あんたっ！」

と、そんな喰堂の語りを受けて、サラ子が堪りかねたように声を漏らす。

「自分で言っていて、おかしいとは思わないのかい!?　罪深いとは思わないのかい!?　一

つの命を助けるために、新しい命をいくつも生み出そうとするなんて、どう考えたって自然の摂理に反しているよ！　間違った行いだよ！

大体、そんな偉そうなことを言って、あんたはこの1年、ぜんぜん計画を前に進めてこられなかったじゃないか！」

「…………」

「この1年で、あんたが量産してきた『喋るサラダ油』は、全部不良品だったじゃないか！　あたしみたいな『人間もどき』とは程遠い、ただ壊れたスピーカーみたいに決まった単語を呟くだけの、出来損ないばかりでさ！　それでも無理やり、大きな『声』をサラダ油に込めようとするものだから、コントロールが利かなくなって……」

サラ子はそこで、悲痛そうな吐息を漏らして、

「さっきのお巡りさんみたいに、気絶したりする人が出てきちまうんだろう？　この1年間で、一体何人の罪のない人を病院送りにしたか覚えているかい？　8人だよ、8人！」

「…………」

「後遺症も残らずに、皆さん数日で退院できたのが、不幸中の幸いと言えば幸いだったけどさ……！　だからって、他人様を傷つけたって事実は変わらないよ！　なにより、あれで死人が出ていたとしても、何もおかしくはなかったんだよ!?　なんでいつまで経っても、その恐ろしさをちゃんと理解してくれないんだい、あんたは！」

「……はっ。んだよサラ子。結構人の痛いところを突いてくるじゃねーか」

喰堂は自嘲気味に息を漏らして、

「ああ。確かにお前の言う通り、あたしは自分の『能力』を全然コントロール出来てなかったよ……なんでかって、理由は簡単だ。あたしは料理人を辞めたことで、父ちゃんの店を閉めたことで、〈嘘憑き〉として昔よりも弱くなっちまったからだ。

　あたしは〈嘘憑き〉になったとき、『サラダ油を人間にしたい』なんてこれっぽっちも考えちゃいなかった。父ちゃんの店を守るために〈嘘憑き〉になったのに、サラ子のために、その店を自分から捨てちまった。清涼院から聞いた話だと、〈嘘憑き〉の力の優劣は、その想いの強さによって決められるんだろ？　だったら今のあたしが強いわけねーよな。初志がまったく貫徹できてない上に、行動もブレブレなんだからよ。

　でも、それも今夜までの話だ」

そこで喰堂はちらり、と清涼院の方を振り向いて、

「なあ、清涼院？　泥帽子っておっさんの催眠の力を借りれば、あたしみたいな雑魚〈嘘憑き〉でも、強くなれるんだろ？　サラ子みたいなサラダ油を、また作れるようになるんだろ？　お前さっき、確かにそう言ってくれたよな？」

「…………。ええ、もちろんですわ」

問いかけられた清涼院は、涼やかに微笑みつつ、頷き返していた。「ただ、今の話に一つだけ意見を述べさせていただくなら——そんなにご自分を卑下されることはないですわよ、喰堂さん」

「……？　どういう意味だ？」

「確かにあなたは初志を貫徹できず、行動もブレブレで、かつて思うがままに食材に『声』を吹き込んでいた料理人時代と比べれば、〈嘘憑き〉として遥かに弱くなってしまったかもしれません……ですが、むしろ『そこ』がいいのです」

「……⁇」

「自分の嘘を使って、まったく別の〈嘘憑き〉を『養殖』しようとする――そんな斬新で、回りくどくて、面白い方法を選んだ〈嘘憑き〉を見たのは、わたくしこれが初めてよ」

ふふっ、と清涼院は、忍び笑いを漏らすようにして、

「わたくしがさっき、泥帽子はきっと喰堂さんを気に入ると言ったのも、つまりはそういう理由なの。なにより、かなり楽しみでもありますしね。日本中のサラダ油が、本当にサラ子さんみたいに喋り始めてしまったら――一体世の中は、どんなことになってしまうのかって」

「……猟子、お願いだ、考えなおしてくれ」

と、消え入りそうな声で呟いていたのは、サラ子だった。「あたしはもう、あんたがあたしなんかのために、これ以上道を踏み外していくのが、堪えられないんだよ……！」

「…………サラ子さん」

そんなサラ子のことを、なんとも言えなさそうな目で見つめる海鳥。

しかし少なくとも、今の海鳥に出来ることなど、何一つない。

何故（なぜ）なら彼女は、今まさに、拉致監禁されている真っ最中だからである。

「さて。喰堂さんのお話については、一旦おしまいで良さそうですわね」

と、そんな海鳥に向けて、清涼院はにこやかに言葉をかけてくる。

待ちかねていた、という表情である。

「それでは海鳥さん。ここからは、わたくしとのお話を始めましょうか」

◇◇◇◇

「…………？　誰だお前は？」

怪訝（けげん）そうに敗（やぶ）は尋ねる。

その場に佇（たたず）んでいたのは、一人の少女だった。

「悪いね、呼び止めちまって」

少女は言う。

「初めまして、だね、敗ちゃん。それからとがりちゃんも」

着物姿の少女、である。

外見年齢は12〜13歳程度といったところ。つまりでたらめちゃんやとがりと同じくらいで、背の高さも2人とそう変わらない。

濃い緑色の髪を、おかっぱの形に整えている。身に着けているのは、やはり緑色の着物で、腰を閉めている帯だけが真っ赤だった。

そして、そんな和風の少女は、またも口を開いて、

「あたしのことは、菜種油サラ子とでも呼んでおくれ」

「…………はあ？」

いよいよ当惑したように声を漏らす敗だった。「……いや、知らんぞそんな女？　何者だお前？　なぜ私の名前を知っている？」

「……ふん。まあ、いきなりこんな名乗り方をされても、わけわからないよね」

少女はふるふる、と首を横に振るようにして、

「とにかくだ、敗ちゃん。そんな風に、勢いだけで特攻しようとするのは、どうか思いとどまっておくれ……あんたたちが清涼院の奴に倒されちまえば、あたしの計画は、その時点でご破算なんだからね」

「……？　計画だと？」

「――！　ちょっと待ってください、敗さん！」

と、そこで唐突に声を上げていたのは、リュックの中のとがりだった。「そ、その女の子、たぶん、私と同じです！」

「……はあ？」

「な、なんというか、上手く言葉で説明できませんが……とにかく、私と同種なんです！　こうして話しているだけで、びんびんとそれが伝わってきます！　うわあ、なんなんでしょう、この不思議な感覚……!?」

と、なにやら興奮した様子で喚き始めたとがりに、謎の少女——サラ子は目を細めて、

「……ふん。流石に鋭いね、とがりちゃん」

と、感心したように呟いていた。「ちなみにこの姿は、あんたを参考にさせてもらったんだけどね。自分の『視覚映像』を相手の脳みそに直接流し込むなんて、あたしは今日まで思いつきもしなかったから……あんたの頭の柔軟さには、ほとほと唸らされるよ、とがりちゃん。それもこれも、あの海鳥ちゃんへの愛のなせる業、なのかもしれないけどさ」

「………。おい、いい加減に分かるように説明しろ。お前、本当に何者なのだ？」

堪りかねたように敗は問いかける。

するとサラ子は、そんな敗を見返しながら、大きく息を吸い込むようにして、

「……いいかい？　よく聞きな敗ちゃん」

と、静かに口を開いていた。

「今夜、でたらめちゃんを気絶させたのは、このあたしさ」

「——なっ⁉」

度肝を抜かれたような声が、敗の口から漏れる。「……な、なんだと？」

「……本当に申し訳ないと思っているよ。今日の事件の引き金は、なにもかも、このあたしが引いたのに。色々と想定外のことが起こったとはいえ、まさかこんなにも状況をコントロールできなくなるだなんてね。

だからあたしは、不義理を重々承知した上で、こうしてあんたたちに頭を下げにきたん

だ。もう今のあたしには、敗ちゃんととがりちゃん以外に、頼れる相手がいないからね」

敗の瞳を真っ直ぐに見据えるようにしながら、サラ子は言うのだった。

「ねえ、お願いだよ2人とも……あたしの馬鹿妹を、喰堂猟子を、どうか止めておくれ」

7 決戦のリムジン

「わたくしから尋ねたいことは、たった一つなのよ、海鳥東月さん」

ソファの上の海鳥を眺めつつ、清涼院は言う。

「あなた一体、何者なのかしら？」

「……っ！」

対して海鳥は、両手を背中側で縛られたままで、負けじと清涼院を睨み返していた。

「……わ、私からお話しすることは、何もないですよ！」

「ふふっ。だから、そんな風に怖がらないでってば、海鳥さん。別にあなたが何者であっても、わたくしは普通の女の子に対して、絶対に危害を加えたりしないのですから——でたらめちゃんや、敗さんを相手にするのとは違ってね」

「…………！」

「……なあ、ちょっと待ってくれよ清涼院」

と、そこで喰堂が、不意に口を開いて、

「さっきからずっと気になってたんだけどよ。お前らの会話にちょいちょい出てくる、その『でたらめちゃん』とか『敗』とかいうのは、一体誰のことなんだ？」

「……ああ。そういえば喰堂さんには、まだ説明できていませんでしたわね」

清涼院はちらり、と喰堂の方を見返して、

「ええとね。まず、でたらめちゃんというのは、わたくしたちの元・仲間で……」

……。……。……。

「……と、いうわけなのです。理解していただけましたか、喰堂さん？」

「……はあ、なるほどな」

清涼院の説明を聞き終えた喰堂は、納得したように息を漏らしていた。

「つまり、さっき屋台の前でジャージの女におんぶされてた、あのネコミミパーカーの女の子——あの子が、そのでたらめちゃんで、海鳥ちゃんの言うところの同居人ってわけなのかよ。しかし、そんな裏切り者ちゃんとたまたま鉢合わせするなんて、お前もびっくりしたんじゃねーのか、清涼院？」

「……ええ。まあ、それなりにはね」

腕組をしつつ、清涼院は頷き返す。「ただまあ、彼女そのものについては、別にわたくしはどうでもいいのよ。突然わたくしたちを裏切ったのは驚いたけれど、あんな雑魚ちゃん一匹が敵に回ったところで、特に問題にもならないのですから。

わたくしにとってどうでもよくないのは……この海鳥さんよ」

「…………！」

呼びかけられて、ぎょっとしたように、その身を竦ませる海鳥。

「どうしてあのでたらめちゃんが、こんな普通の女の子をわざわざ味方に加えたのか？

一体この子は何者なのか？　わたくし、とても興味を惹かれるのよね……」

言いながら清涼院は、正面の海鳥の左頬に、自らの掌をぴたっ、と這わせてくる。

「…………っ！」

「ふふっ、そう怯えないで、海鳥さん……そういうわけで、早くおうちに帰りたいというのなら、何もかもをさっさと話してしまうことね。そのタネさえ知れたなら、もうわたくし、あなたには何の用もないのですから——」

などと、清涼院は例の涼やかな笑みを見せつつ、呟いて、「——あびゃびゃびゃびゃびゃっ!?」

次の瞬間、叫んでいた。

「——綺羅々さまっ!?」

ぎょっとしたような守銭道化の声が飛ぶ。

「びゃっ、びゃびゃびゃびゃ……！」

それまでの余裕のある振る舞いはどこへやら、頭を抱えて、その場に蹲ってしまう清涼院。「びゃあああああ……っ！」

「…………え？」

その突然の彼女の豹変に、誰よりも驚いていたのは、間近に座る海鳥である。「ちょ、ちょっとどうしたんですか、清涼院さん!?　具合悪いんですか!?」

などと彼女は、一瞬だけ拉致されている現状も忘れて、清涼院に心配そうに声をかけてしまう……一方の清涼院は、頭を押さえたまま、ぎろりと窓の方を睨み付けて、

「……こ、この脳みその奥を直接つっつかれるような痛み！　この不快感！　さっき受けたものと、まったく同じですわっ！　あ、あの雑魚ども、性懲りもなく、のこのこ戻ってきやがったんですのね……！」

と、あまりの痛みに平静さを失っているのか、品のない口調でなにやらぶつぶつと呟きながら……ふらふらとその場に立ち上がり、リムジンのドアに手をかけていた。

「ふんっ！　わざわざ自分から引導を渡されにくるだなんて、お馬鹿な子たち……！　いいですわ！　そっちがその気なら、わたくしも受けて立ちます！　行きますわよ、守銭道化！」

◇◇◇◇

「……出てきたか」

リムジンのドアから、清涼院と守銭道化が顔を出したのを確認して、敗は呟く。

「よう。また会ってしまったな、清涼院」

「……敗さん」

威圧的に呼びかけられて、清涼院は不愉快そうに、敗の方を睨み返していた。「相変わらず乱暴な人ね……！　挨拶もなく、いきなり攻撃を仕掛けてくるだなんて……！」

「はっ、馬鹿を言え。車ごとひっくり返されなかっただけでも、むしろ感謝することだ」

「…………っ！」

清涼院は、もはや会話を交わすのも腹立たしいという様子で、横合いに視線を移して、

「……守銭道化、やっておしまいなさい！」

「はっ、綺羅々さま」

主人からの呼びかけに、首肯する守銭道化。

すると彼女の掌から、やはり大量の『札束』が姿を現し、その周囲を舞い始める。

「ふふふふっ！　それにしても、あなたの単純馬鹿さ加減には、ほとほと感心させられますわぁ、敗さん！」

なにやら勝ち誇ったような笑みを湛えつつ、清涼院は言う。「あなたではわたくしの守銭道化には勝てないと、ついさっき説明してさしあげたばかりなのに……なんの工夫もなく、こうして正面切って喧嘩を挑んでくるだなんてね！」

「……さて、どうだろうな？」

言いながら、敗もまた、その両腕を前に突き出すように構える。

――ややあってその袖口から、いつぞやの『包帯』をしゅるしゅる、とその場に出現させる。「話はそう、単純でもないかもしれんぞ？　清涼院」

そして次の瞬間――彼女の『包帯』がぎゅん、と伸びて、正面の守銭道化の身体に、あっという間に巻き付いていた。

「くっ!?」

両手両足、それから首元を『包帯』で締め上げられて、苦悶の声を漏らす守銭道化。

「どうした、守銭道化？　私程度の攻撃を素直に受けるとは、お前らしくもない」

「…………っ！」

「訳が分からないか？　答えを知りたいなら、自分の隣のご主人様を見てみることだ」

「………？」

促されて、守銭道化は横合いに視線を移す——そして息を呑む。「き、綺羅々さま!?」

「……びゃびゃびゃびゃびゃびゃびゃびゃっ!?」

いつの間にか清涼院は、また例のうめき声を上げて、その場に蹲っていた。「あ、ああああ……っ！　痛い痛い痛いっ！　わたくし、これ嫌いっ！　き、気持ち悪いっ！」

「……ふん、随分といい顔だな、清涼院」

そんな清涼院を眺めつつ、敗は愉快そうに呟いて、

「しかし、いいのか？　宿主のお前がそんな調子だと、ご自慢の守銭道化が、本来の実力を発揮できんと思うのだが」

「……っ！　なるほど。珍しく、そのスカスカの頭を絞ってきたようですわね、敗さん！」

清涼院は恨めしそうに言いつつも……しかし、彼女の方もなにやら微笑み返して、

「……ですが、そうあなたの思い通りに事が運ぶかしら？　だって、残念ながらわたくし、い、いいいい、気づいてしまいいいましたわよ？」

「……なに？」

「——喰堂さん！」

と、敗を無視して、清涼院はリムジンの車内に向けて呼びかけていた。「喰堂さん！　ねえ、聞こえる⁉」

「…………ああ？」

ややあって、困惑したようにリムジンの窓から、喰堂猟子が顔を覗かせてくる。「な、なんだよ清涼院……？」

「喰堂さん！　あなたにお願いしたいことは、たった一つよ！　この鬱陶しい『頭痛の種』を、なんとかしてちょうだい！」

「……え？」

「だってこれ、多分あなたの嘘のなにかよ、喰堂さん！」

「……？」

喰堂はさらに眉をひそめて、「……なんだって？」

「ふんっ！　こうして何度も何度も頭を攻撃されていれば、嫌でも気が付くというものですわ……サラ子さんに脳内に直接喋りかけられるときと、感覚がほとんど一緒なのよ！　理屈はさっぱり分からないけれど……サラ子さんと同じような存在が、向こうの味方についているってことなんじゃないの、これ？　その辺、傍から見ていて何か気づくことはない、喰堂さん？」

「…………」

と、そう尋ねられて、喰堂は無言のまま、敗の方を眺める。

……より正確には、彼女に背負われている、リュックサックを眺める。

「……マジかよ」

しばらくして、喰堂は唖然(あぜん)としたような声を漏らしていた。「た、確かに、そのジャージ女のリュックの中から、あたしの『能力』の強い波長を感じるぜ……え？　マジでどういうことだ？　あたし、心当たりなんてまったくねーぞ？」

「……知りませんし、どうでもいいですわ、理由なんて。

ともかく、この頭痛があなたの嘘によるものだと言うのなら、話は早いわね。今すぐに、そのリュックサックの『中身』から、『声』を奪ってちょうだい」

「……え？」

「そうすればわたくしは、もうこれ以上、この鬱陶しい頭痛に悩まされることもなくなりますわ……いくら〈嘘憑(つ)き〉として未熟な喰堂さんといえども、それくらいは出来るでしょう？」

額からダラダラと脂汗を垂れ流しながら、清涼院は言う。

「ふふっ、それにしても、あの青い髪の女の子……人間だか嘘だか分からないと思っていたけれど、まさか『食材人間』だったなんてね。しかしいずれにせよ、これで彼女も年貢の納め時、いい気味ですわぁ……！」

……。……。……。

「……ええ？」

対して、指示を受けた車内の喰堂は、弱り果てたように息を吐いていた。「い、いきなりなんだよ、清涼院……？ 『声』を奪えって……」

喰堂はわしゃわしゃ、と所在なげに髪を掻きつつ、

「……いやまあ、確かに出来なくはなさそうだし、やってみるけどよ」

……言いながら、車外の敗のリュックサックに向けて手をかざし、なにやら力を込めようとする。

が、そのときだった。

「――ちょ、ちょっと待ってください！」

彼女の傍らで、そんなぎょっとしたような叫び声が上がる。「や、やめてください、喰堂さん！ あの子から、『声』を奪うだなんて！」

声の主は、海鳥東月だった。

彼女はソファの上に縛られたまま、切迫したような表情で、喰堂の方を睨み付けている。

「……はあ？ いきなりなんだよ、海鳥ちゃん？」

怪訝そうに喰堂は海鳥を見つめ返して、

「あの子？ もしかして海鳥ちゃん、あのリュックの『中身』の正体がなんだか、知ってんのか？」

「……！ ええ、もちろん！」

力強い調子で、海鳥は答えていた。

「あのリュックに入っているのは、土筆ヶ丘とがりちゃん……二週間前に生まれたばかりの鉛筆の女の子で、私の大切な『家族』ですよ！」

「…………は？」

「喰堂さんの嘘の説明を聞いて、ようやく理解できました、私……！」

なにやら興奮したように声を上ずらせながら、海鳥は言う。

「つまりとがりちゃんは、喰堂さんのサラダ油で揚げられてしまったせいで、サラ子さんみたいな『食材人間』になってしまったんです……！　だって鉛筆は、私にとって、『食材』だったから……！」

「…………」

「も、もちろん、普通は鉛筆をサラダ油で揚げることなんてないですし、そもそも鉛筆は、『食材』でもないです。だから、とがりちゃんが生まれたのは、本当にイレギュラーな出来事だったんだと思います……。奈良が私にぶちギレて、鉛筆で素揚げを作ろうとしたこと。私が一年間、毎日鉛筆かけごはんを食べ続けたこと。色々な偶然が、奇跡的に重ならなければ、とがりちゃんが『声』を手に入れることは、きっとなかったんです……」

「…………。いや、マジで何言ってんだ、海鳥ちゃん？」

しばらくして、本当に心の底から訳が分からないという様子で、喰堂は呟いていた。

「『ようやく理解できました！』って、聞いているこっちは、何一つ理解できねーんだが……つーか海鳥ちゃん、今さらっとなんつった？　鉛筆かけごはん？」

「……！　と、とにかく、とがりちゃんから『声』を奪うのだけは勘弁してあげてください、喰堂さん！」

と、やはり切迫した表情のまま、喰堂に訴えかける海鳥。

「だって、そんなことをされたら、あの子は死んじゃいます！　また元の鉛筆に戻ってしまいます！　私と直接喋れるようになったことを、あの子はあんなに喜んでいたのに……こんな可哀想な終わり方、私、絶対に認められません……！」

「…………」

対して喰堂は、そんな海鳥の表情を、不思議そうに見つめ返している。

「……ええと、つまり」ややあって彼女は、口を開いて、「話はいまいち見えねーけど、あのリュックの中にいる『誰か』は、海鳥ちゃんにとってすげー大切な相手ってわけか？　それこそ、あたしとサラ子みてーな」

「……！　は、はい、まさにそんな感じです！」

海鳥はぶんぶん、と頷いてみせる。「私ととがりちゃんの関係は、ほぼほぼ喰堂さんとサラ子さんの関係みたいなものです！　だからこそ失いたくないんです！　喰堂さんなら、分かってくれますよね、この気持ち……？」

「…………」

と、縋りつくような目で海鳥に見つめられて、喰堂は気まずそうに、視線を逸らす。

「……いや、でも、そんなこと急に言われてもよ。あたしも清涼院のこと、助けてやんなきゃいけねーし」

しかし、口ではそう言うものの、その表情には、明らかな迷いの色が浮かんでいる。

「清涼院を助けてやんなきゃ、あたしはサラ子を、助けられねーわけだし……」

「……っ！　く、喰堂さん……！」

「だ、だから、そんな助けを求めるような目で見てんじゃねー！　あたしだって、そんなに色々面倒見切れねーよ！　ただでさえ、サラ子のことでいっぱいいっぱいなんだからよ！」

ぶんぶんっ、と頭を振り乱すようにして、喰堂は叫んでいた。

「ああくそっ！　もうわけわかんねー！　なんでこんなややこしーことになってやがんだ！　いい加減ついていけねーよ、あたしは！

そもそも知らねーんだよ、嘘とか、〈嘘憑き〉とかよ……！　あたしはただ、サラ子のことを助けてやりてーだけなのに……！　なんでたったそれだけのことを叶えるのに、こんなに遠回りして、こんなに悩まなくちゃいけねーんだよ……！」

「――だったら、もう全部やめちまったらどうだい、猟子？」

そして、そんなときだった。

リムジンのソファの上から、久しぶりに、サラダ油の声が響いてきていたのは。

「あたしのために遠回りして悩むのが、そんなにしんどいならさ。もう全部諦めちまえばいいんだよ。そうしたらあんたは、今すぐにでも、楽になれるよ？」

「…………は？」

呼びかけられて、喰堂はちらり、とサラ子の方を見返して、

「……なんだよサラ子？　また説教か？　わりーけど、あたしは取り込み中なんだ。後にしてくれ」

「……。いいや、説教じゃないよ、猟子。これは『挨拶』さ」

「…………？」

「思えばあんたは最初に会ったときから、ずっと『迷走』しっぱなしだったね、猟子」

と、なにやら昔を懐かしむような口調で、サラ子は語り掛けてくる。

「お父さんのために店を継いで、あたしのために店を閉めて……いつだって他人のためにしか動けないから、いつの間にか、どんどん本来の道から逸れて行ってしまう。だけどあたしは、そんなあんたの優しさ故の『迷走』が、そんなに嫌いじゃなかったよ」

「……サラ子？」

「……だからこそあたしは、あんたにその優しさを失ってほしくない。泥帽子の催眠なんかで、優しさを奪われてほしくない。あたしは絶対に、あんたに『一線』だけは踏み越えてほしくないんだ。たとえ、どんな手を使ってでもね」

「…………」

喰堂は真顔になって、サラ子を見つめ返す。「……おい、サラ子。お前、マジでどうしたんだ？」

「……悪いね、猟子」

対してサラ子は、大きく息を吸い込むようにして、答える。

「こんな場所でなんだけど、ここであたしたちは、『お別れ』だ」

「……え？」

「これからはせいぜい、独りぼっちで頑張んな――あんたのお父ちゃんとお母ちゃんと一緒に、あたしも天国から、あんたのことを見守っているよ」

そして、それだけ一方的に言い捨てて、サラ子は、

「――さあ、そういうわけだ。ひと思いにやっとくれ」

「――了解しました」

その声が響いてきたのは、リムジンの隅から、だった。

そこには、少女が佇(たたず)んでいる。

海鳥(うみどり)と喰堂以外の、別の少女が佇んでいる。

ネコミミパーカーの少女である。

「…………は？」

と、呆然(ぼうぜん)としたように、その少女を見つめる喰堂。「……っ!?　な、なんだお前!?　い、いつからそこに!?」

「…………」

そのネコミミパーカー少女は、そんな喰堂の呼びかけにも構わず――ソファに置きっぱ

なしになっていたサラ子の身体を掴むと、
それをそのまま、虚空に放り投げて、

「せいやぁぁぁぁぁ！」

という掛け声とともに、回し蹴りを放っていた。
いいいいいいいい、
次の瞬間、サラダ油のボトルが、粉々に破壊されていた。

◇◇◇◇

——ぴしゃっ！

リムジンの車内に、サラダ油が飛び散る。

容器から解き放たれた液体が、重力に従い、床に落下する。

果たしてそれは一瞬の内に、床の上に巨大な水たまりを形作っていた。

「…………」

喰堂はそれを、呆然と見つめる。

目の前に広がる、サラダ油の水たまりを、呆気に取られたように、凝視する。

「……………う、うわあああああ!?」

ややあって、彼女は叫んでいた。「サラ子!?　おい嘘だろ!?　サラ子！」

「……うるさいねえ。そんなに耳元でぎゃーぎゃー騒ぐんじゃないよ、猟子（りょうこ）」

対して、床の上のサラダ油は、ひどく弱々しい声音で、言葉を返してくる。

「いいから、あんたも潔く覚悟を決めな……こうなったからにはもう、あたしは手遅れさ……」

「……はあ!?」

「あたしという存在が、物凄（ものすご）い速さで、薄れていくのを感じるよ……」

まるで他人事（ひとごと）のような口調で、サラ子は言うのだった。「まあ、当たり前の話だけどね……容器からこぼれて、床に撒（ま）き散らされたサラダ油なんていうものが、まさか食用に適する筈もないんだから……」

「……っ!?」

「つまりあたしは、もう『食材』じゃない……ふふっ、本当に長かったよ。本来の賞味期限からは随分と時間が経（た）っちまったように思うけど、これでようやく、この世からおさらばできるわけだ……」

などと語っている間にも、サラ子の声音は、どんどんとか細くなっていく。

まるで本当に、今際（いまわ）の際（きわ）のような様子である。

「……??　な、なにこれ!?　どういうこと!?」

混乱した様子で声を上げていたのは、ソファの上の海鳥（うみどり）だった。「な、なんであなたがここにいるの!?　でたらめちゃん!?」

「…………」

と、視線を向けられて、少女はネコミミをぴょこぴょこ、と揺らしながら、海鳥の方を振り向いて、

「……すみません。こうするしかなかったんです、東月ちゃん」

「……え？」

——その一言で、彼女はすぐに違和感に気づく。

そこに佇んでいる少女は、顔立ちといい声音といい服装といい、どこからどう見てもでたらめちゃんだった……しかし、その表情や、細かい立ち振る舞いなどが、本物の彼女と微妙に異なっているのだ。

普通の人間なら、その正体には、まず気づけないだろう。

しかし、世界でたった一人、海鳥東月だけは違う。

「……嘘でしょ⁉　とがりちゃん⁉」

信じられない、という風に、海鳥は呟きを漏らしていた。「ちょ、ちょっと待って、本当にどうなってるの？　なんでとがりちゃんが、でたらめちゃんの身体の中に……？」

「…………」

しかし、そんな呟きを受けても、ネコミミ少女——土筆ヶ丘とがりはフードのポケットに手を突っ込んだまま、無言で佇んでいるだけである。

「……っ！　おい、待てよサラ子！」

と、そんな二人を完全に無視して、喰堂は足元のサラ子に向かって、大声で呼びかけていた。「お前、マジでちゃんと説明しろ！　なんなんだよこれは⁉　あたしの知らないところで、お前一体、なにしてやがった⁉」

「……はっ、悪いねぇ猟子。あんたが自分の『能力』をぜんぜん使いこなせていないのを、逆手に取らせてもらったよ」

くたびれたような息を漏らしつつ、サラ子は答える。

「たった今、あたしを蹴りつけた子──とがりちゃんとはね。さっき内緒でテレパシーを飛ばして、お友達になったんだ。あたしの息の根を止めてもらうためにね」

「………っ⁉　な、なに言ってんだ、お前⁉」

「さっきも言った通りだよ、猟子。あたしの目的は、あんたにこれ以上馬鹿な真似をさせないことだった。あんたに〈嘘憑き〉を辞めさせることだった──だからあたしが、この世からいなくなることにしたんだ。そうすればあんたは、もうどうあっても、あたしを助けるためには動けなくなるからね」

「………！」

「……本当はね。もっともっと昔から、こうしたいと思っていたんだよ」サラ子は悔しげな口調で言う。「ただあたしは、あくまでもあんたに作られた存在だからね。あんたの知らないところでちょっとした悪だくみは出来ても、あんたの意志に直接逆らうような真似は出来ない。つまり、あんたがあたしを助けたいと思っている時点で、それに従うしかない。

だからあたしはほとんど諦めつつも、そんなルールの穴を突けるような方法を、この一年間ずっと探し続けていたのさ……」

と、そこでサラ子は、一旦言葉を切って、「……風向きが大きく変わったのは、つい二週間前のことさ」

「……え？」

「猟子、あんたにはちゃんと言っていなかったことだけどね。あたしがテレパシーを飛ばせる範囲は、本当は、5メートルや10メートルなんてものじゃないんだよ。

なにせあたしは、日本で一番の食品メーカーさんによって製造された、国内シェアナンバーワンのサラダ油だからね……ギリギリこの町全域くらいなら、テレパシーを飛ばせなくもない。つまりこの町で、あたしにのぞき見出来ないことは、一つもない。

だからあたしは、たまたま目にしちまったってことだよ。2週間前に、この町で人知れず繰り広げられた、あの〈嘘殺し〉をね」

「……？　に、2週間前？　〈嘘殺し？〉」

「……まあ、あんたにしてみれば訳が分かんないだろうね、猟子。あたしだって、そのときは度肝を抜かれたもんさ。

鉛筆泥棒から始まって、トイレの貸し借り、裏切り、掴み合いからの一転攻勢、そして全力の命乞い……児童公園での海鳥ちゃんの無茶な作戦に至るまで、およそ普通じゃ考えられないような、怪奇現象の連続だった。最初は興味本位でのぞき見を始めたあたしも、最後には海鳥ちゃんたちがどう一件を落着させるのか、ハラハラしながら見守っていたもんだったよ」

サラ子はしみじみと呟いて、「そしてね、猟子――その〈嘘殺し〉を決着まで見終えたとき、あたしは自然と考えていたのさ。ああ、この子たちなら、あたしの猟子を解放してくれるかもしれないって」

「……え？」

「海鳥ちゃんたちに、猟子の嘘のことを知らせて、次の標的にしてもらえばいいんだって」

サラ子は滔々と語る。

「そういう理由で、あたしは今夜、でたらめちゃんを攻撃したのさ……言うまでもなく海鳥ちゃんたちに、『サラダ油の〈嘘憑き〉』の存在に気づかせるためにね。だからその節はすまなかったね、海鳥ちゃん。あたしたちに事情に、あんたたちを巻き込んじまって」

と、そこでサラ子は、傍らの海鳥へと言葉をかけてくる。「ちなみにあんたじゃなくでたらめちゃんの方を狙ったのは、不死身のあの子が相手なら、多少脳みそを強くつっついても大丈夫だろうと思ったからなんだけど」

「…………！」

海鳥は、衝撃を受けたという様子で、サラ子の方を見つめ返していた。「……嘘でしょ？つまり今回の事件の黒幕は、サラ子さんだったってことなんですか？」

「格好いい言い方をすりゃあ、そうだね——ただ唯一の誤算があったとすれば、それはあの清涼院さ。本当なら敗ちゃんが猟子の嘘をとっちめて、それで終わっていた筈の〈嘘殺し〉が、あんな女が来たせいで、一気にややこしくなっちまった。海鳥ちゃんは清涼院に捕まって、敗ちゃんは逃げて、でたらめちゃんはあたしのせいで眠ったまま。こんな体たらくじゃ、猟子の嘘を殺すのなんて、まず無理だろう……そう判断したあたしは、すぐに計画を修正することにしたのさ。具体的には、児童公園のトイレにでたらめちゃんの身体を隠していた、敗ちゃんととがりちゃんの二人にコンタクトを取ったんだ。そしてどさくさに紛れての、あたしの『暗殺』を依頼した」

そこでサラ子は、ふふっ、と忍び笑いを漏らして、

「しかしとがりちゃん。あんたには本当に感謝しなきゃいけないね。こんな風に、あたしにちゃんとトドメを刺してくれたんだから……」

「…………」

呼びかけられたとがりは、やはりパーカーのポケットに両手を突っ込んだまま、サラ子の方を見下ろしている。

「ちなみに、これは公園でも話したことだけど……あたしは当然、あんたに心中なんてさせるつもりはないよ。あんただけは、その命を繋いどくれ」

「…………」

「さっき海鳥ちゃんも言っていた通り、あんたの誕生は、本当に奇跡みたいなものなんだ

からね、とがりちゃん。海鳥ちゃんの鉛筆かけごはん、奈良ちゃんの逆上、そして猟子のまるでコントロールの利いていない嘘の能力……そのどれか一つの要素でも欠けていれば、あんたは生まれてこなかっただろう。だからあんたは、その奇跡みたいな命を、絶対に繋いでいかなきゃ駄目だ。

スーパーの駐車場でも話していたけど、でたらめちゃんに食べてもらえば、とりあえずは助かるんだろう？　なによりじゃないか。これであんたはこの先も、大好きな海鳥ちゃんとずっと一緒にいることが出来る。もうこの世からおさらばする、あたしとは違ってね」

「……。本当に、あらゆることをのぞき見していたんですね、サラ子さん」

と、弱々しく語り掛けてくるサラ子に対して、とがりは真顔で言葉を返していた。

「つまりこの結末もすべて、サラ子さんの筋書き通り、というわけですか……後はでたらめちゃんさんに喰堂さんの嘘を食べさせて、『テレパシー』の能力を完全にこちらのものにしてから、どうやらそれを苦手にしているらしい清涼院さんを、この場から追い返せばいいだけですものね。

だって、清涼院さんはあくまでも、喰堂さんをスカウトしに来ただけなのですから。その喰堂さんの嘘が死んだとなれば、あまつさえ旗色も悪いとなれば、そこまで粘りもせず、この場は大人しく逃げてくれる筈……咄嗟に計画を修正したにしては、中々上手くオチをつけたものですよね、サラ子さんも」

「……ふっ、変なお世辞はやめとくれ、とがりちゃん。こんなもの、ただの悪あがきだよ。

なにより、あんたが頼みを引き受けてくれなかったら、この結末は成り立たなかったわけだしね。

あの児童公園で、あんたがすんなりと了承してくれて、本当に助かったよ……まあ、とがりちゃんが厳しいようなら、敗(やぶ)ちゃんの方に頼もうと思っていたんだけど」

「……別にお礼を言われるようなことじゃないですよ」

とがりは淡々と答える。「他でもない東月(とうげつ)ちゃんを助けるためなら、私はこれくらいの汚れ役、なんでもありませんから」

「……ふっ、そうかい。やっぱりあんたに頼んだのは正解だったね、とがりちゃん。同じ『道具』だから、あたしの気持ちを分かってくれるんだよね。自分なんかのせいで、持ち主が道を踏み外すのが堪えられないって気持ちをさ」

「…………」

「……なんて言っている内に、大分意識も薄れてきたね」

と、サラ子の声が、いっそうか細くなる。「どうやらいよいよ、『お別れ』の時間が近いみたいだ……」

「……っ⁉　ま、待てよサラ子！」

呆然(ぼうぜん)とその場に座り込んでいた喰堂(くどう)が、ぎょっとしたように声を上げていた。

「た、頼む、待ってくれ……！　あたしは絶対に嫌だぞ！　お前と、こんな『お別れ』の仕方すんの！」

「……猟子」

サラ子は、心から切なそうな声音で、その名前を呟くのだった。

「……ごめんね猟子。あたしだって本当は、あんたとちゃんと『お別れ』したかったよ。だけど、そもそもあたしたちには、そんなものは望むべくもなかったのさ。だってこれは、あたしにとっての『罰』なんだから」

「……はあ!? 『罰』!?」

「理由はどうあれ、あたしは『罪』を犯したんだから、その分の『罰』を受けなきゃいけないのさ……」

「……??」

「……ねえ猟子、最後だから言うけどね。あたしはずっと、1年前のことを後悔していたんだよ。なんであんたに、寿命のことなんて伝えちまったんだろうって。

優しいあんたがそんなことを聞かされて、あたしを見捨てられるわけないって……考えるまでもなく、分かりきっていたことだったのにさ。あんたのことを思うなら、あたしは黙って死ぬべきだったんだ。そのせいであんたが『罪』を犯したっていうのなら、それは全部、元はあたしの『罪』なのさ」

「…………！」

「あんたは何にも悪くないんだ、猟子。悪いのは全部、このあたしさ。だからあたしは、その『罪』を全部一人で背負って、この世からいなくなるんだ。それでこの話は、ようやくおしまいなのさ……」

「……違う！　違うぞサラ子！」

ぶんぶん、と頭を振り乱しながら、喰堂（くどう）は叫んでいた。「お前だけ悪いって、そんなわけねーだろ！　『罰』を受けるべきなのは、絶対にあたしの方だ！　それなのにお前、なにを勝手に一人で死のうとしてんだよ！」

「……今さら何を言ったって無駄だよ、猟子（りょうこ）」

しかしサラ子は静かに告げてくる。

「こうなったからには、絶対に取り返しはつかない。覆水盆に返らずとは、まさにこのことだよ。あたしたちの『お別れ』は、もう決まったことなんだ。だから後は、その結末を潔く受け入れるしかないのさ……」

「……〰〰っ！　サラ子！」

果たして喰堂は、声音に涙を滲（にじ）ませて、その名前を叫んでいた。

「い、嫌だ！　いかないでくれ！　サラ子！　サラ子！」

「……達者でね、猟子。本当に、最後の最後まで手のかかる妹だったよ、あんたは。でも本当にありがとうね……ただのサラダ油のあたしに……こんな素敵な数年間を……与えて……くれて……」

……。……。……。

そして、その一言を最後に、サラ子の声は聞こえなくなってしまった。

その場には、物言わぬサラダ油の水たまりだけが、ただ残される。

「うわあああ！　サラ子！」

目からぼろぼろと大粒の涙を流して、喰堂は絶叫していた。「サラ子サラ子サラ子サラ子っ！　サラ子っ！」

しかし、どれだけその名前を連呼しようとも、サラ子の方から言葉が返ってくることはない。

彼女はもう、何も言わない。

どこにもいないのである。

「……っ！　う、うう……嘘だぁ、サラ子ぉ……！」

途端、半狂乱になって、自らの髪の毛を掻きむしる喰堂だった。「……なんでだよ!?　なんでなんだよ、ちくちょう!?　なんであたしの大切な家族は、みんなあたしの前からいなくなるんだ!?　母ちゃんも父ちゃんもサラ子もいなくなって、もうあたしの傍には、誰も残ってねーのに……！」

がくがく、と両肩を震わせつつ、喰堂は虚ろに呟く。

「……ああ、もう、どうでもいい！　なにもかもどうでもいい！　どうせこれから何をしたって、全部無意味だ……！」

完全に自棄になった様子で、彼女は叫ぶ。

「今からどんだけ生きたって、何を手に入れたって、サラ子を取り返すことは、もう絶対にできねーんだから……！」

「――いいえ、それは違いますよ、喰堂（くどう）さん」

と、そんなときだった。

喰堂の様子を、ずっと無言で眺めていたとがりが、出し抜けに口を開く。

「まだ取り返しはつきます」

「………え？」

弾（はじ）かれたように、顔を上げる喰堂。

――そして彼女は、更に次の瞬間、信じられないような光景を目撃していた。

「………は？」

「………はあ、はあ」

そこには、海鳥東月（うみどりとうげつ）がいた。

彼女はうつ伏せに寝ころんで、床に広がるサラダ油を、一生懸命に舐（な）めていた。

◇◇◇◇

「………は？」

一瞬だけ、状況を忘れて、その光景に見入ってしまう喰堂。

ごしごし、と無意識に目元を擦っていたのは、涙を拭うためではない。

「…………なにやってんだ、海鳥ちゃん？」

「…………っ！」

海鳥は答えない。

どころか、喰堂の方を見ようともしない。

とにかく彼女は一心不乱な様子で、芋虫のように身体をくねらせ、床の上のサラダ油をぺろぺろと舐めているのだ。

「……はあ、はあ、はあ、はあ」

夢中である。

その綺麗な黒髪がサラダ油に触れようと、気にする素振りすら見せない。

ぴちゃぴちゃ、ぴちゃぴちゃ……と、海鳥の舌が、サラダ油を舐め取る音だけ響く時間が、しばらく続く。

……そして、ある瞬間。

「——ぷはっ！」

そんな息を吹き返したような声が、サラダ油から響いてきていた。

「……は？　え？　な、なんだいこれ？」

ややあって、そんな困惑したような声音を漏らすサラ子。「あ、あたし、なんでまだ生きて……」

「――サラ子！」

その声を聴いた瞬間、ぱあああああ、と顔を綻ばせていたのは、喰堂だった。「うわああああ……！　サラ子……！　サラ子……！」

彼女はそのまま、両手で口元を押さえて、またぽろぽろと泣き出してしまう。

状況はまったく理解できていないのだろうが、とにかくサラ子の声をまた聴けたという事実だけで、感極まってしまったらしい。

「……い、意味が分からないよ」やはりサラ子は呆然としたように呟いて「あたしの身に、一体なにが起こったんだい？　あたしはたった今、確かに死んだ筈だったのに――」

「分からないのなら、説明してあげましょうか、サラ子さん？」

と、そんなサラ子に、淡々と声をかけていたのは、とがりだった。

「あなたの計画が失敗した理由は、東月ちゃんを甘く見たから、ですよ」

「…………はあ？」

「『食材』でなくなれば、サラ子さんは死んでしまいます。だからサラ子さんは、自分からボトルを破壊して、床に飛び散ることで、『食材』でなくなろうとしました。

しかし、よく考えてみてください、サラ子さん。それは裏を返せば――床に飛び散ろうとなにをしようと、とにかく『食材』でありさえすれば、サラ子さんは絶対に死ぬことはできない、ということですよね？」

「………??」

「だから東月(とうげつ)ちゃんは、サラダ油を舐(な)めたのです」

とがりは何故(なぜ)か、勝ち誇ったような口調で言う。

「サラ子さんを、まだ『食材』ということにするためにね」

「……なっ⁉」

そこでようやく事態を理解できたのか、サラ子は衝撃を受けたように、吐息を漏らしていた。「なっ、なななな……っ！」

「ふふっ、私(わたし)の東月ちゃんをあんまり舐めないでください、サラ子さん……彼女は、この鉛筆を食材扱いしてみせた女の子ですよ？ 床に飛び散ったサラダ油を助けるくらい、東月ちゃんにとっては、『朝飯前』です」

「……〜〜っ！ とがりちゃん、あんた！」

声音を震わせて、サラ子は叫んでいた。「あんた、その口ぶり！ まさか、最初からこうなるだろうって、全部分かっていたのかい⁉」

「……？ 当たり前じゃないですか？」

きょとん、とした顔をして、とがりは答えてくる。

「というか、こうなると分かっていなければ、誰が乗るものですか。あなたのあんな、馬鹿みたいな計画に」

「……っ⁉」

「同じ『食材人間』のよしみで忠告してあげますけどね、サラ子さん。そんな『自己犠牲』なんて、今時流行りませんよ？」

心底あきれ果てたような口調で、とがりは言うのだった。「特に自殺なんて、本当にナンセンスなことです。そんなことをしたって喜ぶのは自分だけです。大事なのは、誰かのためにどうしたいかではなく、自分自身がどうしたいか、ですよ、サラ子さん」

「……っ⁉　あ、あんた、どの口でほざいてるんだい！」

仰天した様子で、サラ子は言葉を返す。「あんただって、つい二時間くらい前に、スーパーの駐車場でまったく同じようなこと言っていたじゃないか！」

「……はて、そうでしたっけ？　ちょっと憶えていませんね、そんな大昔のことは」

「…………〰〰っ！」

「とにかく、そういうことです、サラ子さん。私は最初から、あなたの自殺なんかに手を貸す気は、これっぽっちもありませんでした。

ただ、もし東月ちゃんが私と同じ立場なら——きっとあなたの目を覚ますために動くだろうと思いました。一度痛い目を見せてから、また助けるだろうと思いました。だからそのようにしたまでです。お分かりいただけましたか？」

「…………！」

「……うん、ありがとうとがりちゃん」

と、そんなとがりのドヤ顔の下で、未だ寝ころんだままの海鳥が、ゆっくりと口を開い

て、

「私の言いたいことを、全部言ってくれて……流石に、最初にとがりちゃんがサラ子さんを破壊したときは、びっくりしたけどさ」

苦笑いをしつつ、彼女は言う——どうやらサラ子を舐めるために床にダイブしたはいいものの、両手をロープで縛られたままのせいで、立ち上がることが出来ないらしい。

「でも、すぐにとがりちゃんの意図になんとなく気づけたから、そこまで動揺することもなかったよ……それにしても、誰も突っ込んでくれる人がいないからもう一度尋ねるけど、なんででたらめちゃんになってるの、あなた？」

「——！　ふっふっふ～。よくぞ訊いてくれました、東月ちゃん！」

とがりは得意そうに胸を張って、

「あの清涼院さんという人がやられていたのを、ちょっと参考にしてみたのです！　早い話が、ラジコンですよ、ラジコン！」

「……ラジコン？」

「つまり、私の本体は、今も敗さんの背中のリュックの中なのですが——テレパシーだけを飛ばして、でたらめちゃんさんの脳に刺激を与えることで、肉体を無理やり動かしているというわけなのです！　さながら、リモコンで遠隔操作するかのごとくね！」

「……………ええ？」

ややあって、ドン引きしたような声を漏らす海鳥だった。「……　いや、理屈はなんとなく分かるんだけどさ。そんなことをされて、でたらめちゃんの脳みその方は大丈夫なの？」

「うーん、多分大丈夫ではありませんね」

腕組をしつつ、とがりは答える。「これ、今回お試しでやってみたんですけど、とにかく相手の脳にかかる負担が半端じゃないみたいなので。少なくとも普通の人間相手にやったら、一瞬で脳みそがぶっ壊れてしまうだろうとは思いますね」

「………………」

「でもまあ、でたらめちゃんさんは不死身の嘘なので、何も問題ないですよね！」

などと言いつつ、とがりは海鳥の後ろで縛られた手に指を添えると――特に力をかける様子もなく、そのロープを切断していた。「さあ、どうぞ東月ちゃん。肩をお貸しします」

「うん。ありがとう、とがりちゃん……」

ややあって、その場に立ち上がった海鳥は、ぱんぱんっ、と服についた埃を払ってから、

「……ええと、喰堂さん。ちょっとお話があるんですけど、いいですか？」

と、未だ床にへたり込んだままの喰堂に対して、そう呼びかけていた。

「……え？」

やはりぽろぽろ、ととめどなく涙を流したまま、ぼんやりと海鳥の方を見上げてくる喰堂。「……話？」

「はい……ええと、単刀直入に言います、喰堂さん。今日からサラ子さんの身体を、私たちに預けてほしいんです」

「……………は？」

「駄目でしょうか？」

喰堂の目を真っ直ぐに見つめるようにしながら、海鳥は問いかける。

「サラ子さんのことも、でたらめちゃんに食べさせたいんです、私——そうしたらサラ子さんのこと、助けてあげられると思うので」

「…………」

「だって、とがりちゃんを食べられるっていうのなら、サラ子さんも食べられない道理はない筈ですよね？　ともかく一度この子のお腹の中に入ってしまえば、酸化の心配をする必要なんて、もうないわけですし。喰堂さんは無事に〈嘘憑き〉を辞められて、なおかつサラ子さんとずっと一緒にいることが出来るようになります。〈泥帽子の一派〉なんかに入る必要もありません」

「…………」

「……ただ」

海鳥は、なにやら言い淀むようにして、

「……喰堂さんも、さっき清涼院さんから説明されて、知ってると思いますけど。でたらめちゃんは今、その〈泥帽子の一派〉に命がけの喧嘩を挑んでいる真っ最中なんですよね。なので、もしもでたらめちゃんが負けて死んでしまうようなことがあれば——でたらめちゃんの一部になっているサラ子さんも、とがりちゃんも、道連れでこの世から消えてしまうと思います」

「…………………」

「もちろん、このまま喰堂さんが清涼院さんの方を選んでしまえば、そんなリスクを背負う必要も、まったくないわけなんですけど……」

「……つまり、あたしに選べってことか？」

こちらも海鳥を真っ直ぐに見つめ返して、喰堂は問いかける。

「サラ子を海鳥ちゃんたちに預けるか、それとも〈泥帽子の一派〉に預けるかって」

「……はい、そういうことです。それはどうしても、喰堂さん本人にしか決められないことなので」

「…………」

「――ちょ、ちょっと待ちな！」

と、そこで堪りかねたように声を上げていたのは、サラ子だった。

「勝手に話を進めているんじゃないよ、海鳥ちゃん！」

「……え？」

「選ぶも何もないよ！　猟子はあたしをどっちにも預けない！　――とにかくあたしがこの場で消えて、猟子があたしから解放されることで、この話はおしまいになるんだ！　そ、それ以外の結末なんて、あたしは絶対に認めないよ！」

「……？」

言葉を受けて、海鳥(うみどり)は本気で困惑した様子で、サラ子を見返していた。「……いや、なんでですか？　サラ子さんが死ななきゃいけない理由って、もうどこにもないと思うんですけど？」

「………っ!?」

「もしも喰堂(くどう)さんが、でたらめちゃんの方を選んでくれるなら、ですけど……その場合サラ子さんは生きられるし、喰堂さんは〈嘘憑(うそつ)き〉を辞められます。もうこの先、誰に迷惑をかけることも、喰堂さんがサラ子さんのために『迷走』することもなくなる筈(はず)です……私の言っていること、なにか間違ってます？」

「……っ！　ま、間違ってないけど……！」

サラ子は何やら気圧(けお)されたように声を上ずらせて、

「……で、でもね、海鳥ちゃん！　あんたには分からないかもしれないけど、やっぱりあたしは、どうしても死ななくちゃいけないんだよ！　だってあたしは、それだけの『罪』を犯したんだから！　ちゃんとその分の『罰』を受けないと、つり合いが取れない！　猟子(りょうこ)の分まで『罪』を背負って死ぬことが、あたしが猟子に対してしてやれる、最後の妹孝行なのさ……！」

「…………」

果たして海鳥は、そんな風に語るサラ子の姿を、しばらく無言で眺めていた。

が、ややあって、口を開き、「……でもサラ子さんは、その『罰』を受けることに、失敗しましたよね？」

「……え？」

「サラ子さん。私に助けられちゃいましたよね？」

海鳥は真顔で問いかけていく。「だったらもう、『罰』は受けたけど命は助かったってことで、いいじゃないですか。というか、そんな風に自分から『罰』を受けたがるのって、もう『罰』じゃなくて、ただの『自己満足』だと思いますけど」

「…………～～～っ！」

痛いところを突かれた、という風に、サラ子は息を漏らして、「……だ、大体あんたね！あんな躊躇なしに、床の上にこぼしたサラダ油を舐めてるんじゃないよ！」

「……え？」

「普通は思いついても、中々躊躇いなくやれないよ、あんなこと！ちょっとでも嫌だとか、汚いとか、思わなかったのかい⁉ただでさえあたしの身体はこんな風に酸化して、口に入れるのも堪えられないってくらい、醜く汚れちまってるっていうのにさ！」

「……？」

海鳥は、やはりきょとん、とした顔で、

「いや……別にサラ子さんは、汚くないと思いますけど」

と、答えていた。

「…………え？」

「だから、サラ子さんは汚くないですよ。酸化しようと、地べたにこぼれようと。私別に、サラ子さんを舐めることに対して、『嫌だ』とか『汚い』とかいう気持ち、ぜんぜんなかったですし」

「…………」

と、そんな何気ない口調で放たれた海鳥の言葉に、サラ子は沈黙する。

「…………な、何言ってるんだい、あんた？」

しばらくして彼女は、信じられない、という風に、声を漏らしていた。「あ、あたしが汚くないって……そんなわけないだろう。あんた、あたしのこの醜い色が、見えないのかい？」

「……？　素敵な色じゃないですか」

海鳥は怪訝そうに言葉を返す。

「確かに、普通のサラダ油とは、ちょっとだけ雰囲気は違うかもしれないですけど……少なくとも私は、すごく格好いいと思いますよ。なんていうか、サラ子さんがこれまで喰堂さんと積み重ねてきた、人生そのものって感じがして」

「…………っ〰〰！　う、嘘を吐くな！」

サラ子は叫んでいた。「そ、そんなこと、本当は思ってなんかいない癖に！」

「…………。なんで嘘だって思うんですか、サラ子さん？」

「……だ、だってあたしは、とっくに賞味期限だって切れているんだよ!?」

　サラ子の声色は、いつの間にか、今にも泣き出しそうな子供のそれに変わっている。

「も、もうサラダ油としての寿命なんか、とっくの昔に迎えているのに……ただ猟子の優しさで生きられているだけで、何の役にも立たなくて……！　それなのに、よりにもよって、その猟子の足を引っ張っちまってさぁ！

　いつも情けなくて、恥ずかしくて、みっともないって気持ちで、いっぱいで……！

　いっそ猟子の前から消えちまいたいって、ずっとずっと思ってたんだ……！　あたしみたいな気色の悪い化け物、猟子の人生には、いない方がいいんだって……！」

「……………サラ子」

　そんな風に語るサラ子を、喰堂はじっと見続けている。

　恐らくは初めて聞くのだろう、彼女の心中の吐露に、胸を打たれている様子だった。

「…………」

「…………辛かったんですね、サラ子さん」

　そんなサラ子を見下ろしながら、海鳥は優しい声音で語り掛ける。

「でも、誰が何と言おうと、私はサラ子さんのことを汚いだなんて思えませんよ。サラ子さんは、見た目も中身もとびきり綺麗な、普通の女の子です。

　サラ子さん自身がなんと言おうと、それは覆りません——私、嘘を吐けないので」

「……っ！」

　その一言が、サラ子にとってはトドメのようだった。「うっ、ううう〜！　ううううううう〜〜〜!」

しばらくして彼女は、そんな嗚咽の声を漏らし始める。

もちろん彼女はサラダ油なので、実際に泣いているわけではない。

……しかしそれでも、心から涙を流していることは、その場にいる少女たちの、誰の目にも明らかだった。

8　でたらめちゃん食べ尽くす

「…………ん？」

海鳥(うみどり)の自室にて。

ベッドの上に寝かされていたでたらめちゃんは、その瞬間、ぱっちりと目を覚ましていた。「…………あれ？」

身体(からだ)を起こし、きょろきょろ、と周囲を見渡すでたらめちゃん。「……？　私、いつの間に眠って――」

「おや、ようやく目が覚めましたか」

と、そんな彼女の横合いから、出し抜けに声が響いてくる。

「……え？」

驚いて、隣を振り向くでたらめちゃん。

ベッドの傍(そば)には、青髪の少女が立っていた。

「…………は？」

でたらめちゃんは、そんな呆然(ぼうぜん)としたような声音を漏らして、青髪の少女を見つめる。

「……？　だ、誰ですか、あなた？」

「……思えば、こうして直接話すのは初めてですね、でたらめちゃんさん」

と、そんなでたらめちゃんを思い切り睨み付けるようにしながら、青髪少女は答えてくる。「しかし、最初に言っておきますけれど——いくらあなたにお世話になるからと言って、あなたと必要以上に仲良くするつもりは、私にはこれっぽっちもありませんので！　その辺り、ゆめゆめお忘れなきよう！」

「…………？」

「あっ、でたらめちゃん！」

——と、そこで今まで洗面所にいたらしき海鳥が、ひょっこりと顔を出して、でたらめちゃんに呼びかけてくる。「良かった、目が覚めたんだね！　どう？　気分とか悪くない？」

「……海鳥さん？」

対してでたらめちゃんは、当惑した様子で、海鳥の方を見返して、「……！　ちょ、ちょっと待ってください！　誰なんですか、この青い子！　海鳥さんのバイト先の後輩か何かですか!?」

「……あー」

と、そんなでたらめちゃんの反応に、海鳥は若干面倒くさそうな声を漏らしていた。

「……まあ、その辺はおいおい説明してあげるからさ。とりあえず、食卓に着いてくれない？　でたらめちゃん」

「……食卓？」

「うん。あなたが準備してくれないことには、いつまで経っても始められないからさ」

「…………??」

まるで訳が分からないでたらめちゃんだったが、ひとまず促されるまま、ベッドから起き上がり、いつもの丸テーブルへと移動する。

——なお、テーブルの上に置かれた時計に表示された時刻は、午前の2時である。

「ご、午前の2時!?」

と、時計を見た途端、思わず素っ頓狂な叫び声を上げてしまうでたらめちゃんだった。

「な、なんなんですかこれ!?　どうして急に、こんな時間に——？」

「——うん。それについては、本当に済まないと思ってるよ、でたらめちゃん」

そんなとき、彼女の横合いから、また別の少女の声音が響いてくる。

「こんな夜遅くに、大勢でうるさくしちまうなんて、非常識極まりないよね……とはいえ、状況も状況だからさ。どうか今日だけはやむを得ないと思って、堪えておくれ」

「…………は？」

「そして、今の内に言わせてもらうけどね——これから世話になる。今夜受けた恩は、一生かけてでも必ず返す。ともかく、今日から仲良くしとくれよ、でたらめちゃん」

「…………」

またも横合いに向けて、さっきと同じような困惑の視線を向けるでたらめちゃん。

そこに腰かけていたのは、着物姿の、おかっぱの少女だった。

「……え？　は？　あなたも誰ですか？」

「……ええとね、でたらめちゃん。その二人の紹介をまずしてあげたいのは、山々なんだけど」

そんなでたらめちゃんに対して、海鳥は苦笑いをして、

「時間も大分遅いことだし、まずはやることやってもらっていいかな？」

「……？　やること？」

さらに怪訝そうに首を傾げるでたらめちゃんの前に、ごとり、と深いスープ皿が置かれる。

そのスープ皿は、なにやら濃い色の液体で満たされている。

サラダ油である。

「じゃあ、これ全部飲んで、でたらめちゃん」

「………………はい？」

◇◇◇◇

「……ふうん」

リムジンから出てきた喰堂・海鳥・でたらめちゃん（inとがり）の姿を一目見た途端、清涼院は、つまらなそうに声を漏らしていた。

「なるほど。つまりわたくしは、振られてしまったというわけなのね？　喰堂さん」

なお、そんな彼女の足元では、ボロ雑巾のようになった敗が、うつ伏せに倒れている。

そしてその後頭部を、清涼院に思い切り踏みつけられている。

「………………」

どうやら海鳥が喰堂・サラ子を説得している間に、結局守銭道化に力負けしてしまい、完膚なきまでに叩きのめされた、という状況らしい。海鳥たちが姿を見せたというのに、頭を上げようともしない。既に意識はないようだ。

「……ああ、わりーな清涼院」

ぽりぽり、と頬を掻きつつ、喰堂はぶっきらぼうに言葉を返す。

「あたしはこの通り、海鳥ちゃんたちに、あたしのサラ子を預けることにした。だから、お前らと組むって話は、なしにしてくれ」

「……理由を訊いても？」

「別に。なんとなくの気分だよ」

「………………」

「強いて言うなら——あたしは今の数分間で、この海鳥東月って女に、心底惚れちまった。だから組むことにしたって、それだけの話だ。

そういうわけで、マジでわりーな清涼院。あんたには今回、あたしはなんも悪いことされてねーから、こんなことを言うのは心苦しいんだけど……もうあんたには用はねー。さっさと帰ってくれねーか？」

「………………ええ、もちろんですわ」

ややあって清涼院は、微笑んだままで言葉を返してきていた。

「今回わたくしが受けたお遣いは、あくまでも新メンバーのスカウトですもの。それを断られたというのですから、後はもう帰るだけです……でたらめちゃんや敗さんのお掃除は、お遣いの中身には含まれていません」

「………」

「……ただ、くれぐれも覚えていてね、喰堂さん。そのネコちゃんがわたくしたちの敵であり続けるなら、今度会ったときは、サラ子さんもろとも叩き潰すことになります。そのときに恨み言を言われても、知りませんから、そのつもりで」

「……ああ、言われるまでもねーよ」

淡々と告げてくる清涼院に、喰堂は頷き返す。

「………」と、そこで清涼院は、喰堂の横合いへと視線を移して、

「ところで、海鳥さん」

「……え?」

突然に声をかけられて、驚いたように声を上げる海鳥。

「――これは興味本位で訊くのだけれど。もしかして、あなたが喰堂さんを誑かしたの?」

海鳥を真っ直ぐに見据えつつ、清涼院は問いかけてくる。

「だとしたら、大層な女たらしね、海鳥さん……あなたが一体何者なのか、俄然興味を惹かれるわ……」

「……えっと」

「ふふふふっ！　安心して、海鳥さん。あなたのことは、泥帽子さんには内緒にしておいてあげる……今日はお暇するけれど、また二人きりで、ゆっくりお話しましょうね？」

◇◇◇◇

（……なんだか、最後まで得体の知れない人だったな、清涼院さん）

つい数時間前のことを思い出して、海鳥は心中でしみじみと呟いていた。

（そもそも、何の嘘を吐いた〈嘘憑き〉なのかも、結局分からずじまいだったし……今回のことで、変に目をつけられたんじゃないといいんだけど）

「……はー、はー、はー」

——そして、そんな海鳥の傍らにて。

でたらめちゃんは、額に脂汗を大量に掻きつつ、食事を進めていた。

「……ふー、ふー、はー」

「……ちょっと、でたらめちゃん、大丈夫？」

見かねたように海鳥は声をかける。「そんなに無理して、一気に平らげようとしなくても……間にお水とか挟んで休憩しても、ぜんぜんいいんだよ？」

尚、現在丸テーブルの上に置かれているのは、サラダ油のスープ皿だけではなかった。

むしろ、そのスペースのほとんどを埋め尽くしているのは、中華料理の皿である。

餃子（ぎょうざ）、天津飯、酢豚、青椒肉絲（チンジャオロース）などなど……およそ中華と呼ばれて誰もがイメージするだろうメニューの数々が、良い香りを放ちつつ、所せましと並べられている。

「……ふー、ふー」しかし、そんな美味（おい）しそうな中華の品々を眺めながらも、でたらめちゃんが漏らすのは、依然として苦痛の吐息ばかりだった。スプーンを握りしめたままの手が、ぷるぷる、と震えている。

「お待ちどう！　追加メニューだぜ！」

——どんっ！

と、そんな掛け声とともに、でたらめちゃんの目の前に、またも新しい皿が置かれる。

とろとろの豚ひき肉に、賽（さい）の目（め）に切られた豆腐、そしてニラ……見ているだけでも口の中に涎（よだれ）が溢（あふ）れてきそうになる、立派な麻婆（マーボー）豆腐だったが、

「さあ、振りかけるぜ～」

そんな麻婆豆腐に向けて、皿を運んできた喰堂猟子（くどうりょうこ）は、おもむろに両手を掲げて、

「よいしょっと」

言いながら、手中に収めていた鉛筆の削りカスを、どっさりと麻婆豆腐に振りかけていた。

「…………〜〜っ！」

ただでさえ、今にも死にそうだったでたらめちゃんの顔色が、さらに青くなる。

「ははは っ、しかし世の中は広いよな～。なんだよ鉛筆料理って。意味分かんねーし、死

んでも自分で食いたくねー。海鳥(うみどり)ちゃん、マジ頭どうかしてんじゃねーのか？」

　などと愉快そうに言いつつ、喰堂はまたも台所に戻って、別の料理に取り掛かる……鼻歌まじりで、随分と上機嫌な様子である。どうやら久々に人のために料理を作れるというのが、嬉(うれ)しくて仕方ないらしい。

「………！」そしてでたらめちゃんは、意を決したように、その鉛筆入り麻婆豆腐へとスプーンを突っ込んでいくのだった。「………」

「……で、でたらめちゃん」

「……何も言わないでください、海鳥さん」

　心配そうな海鳥の呼びかけに、泣きそうな声で、でたらめちゃんは言葉を返す。

「海鳥さんに説明していただいたおかげで、今日一日の出来事については、ちゃんと理解できていますから……この『鉛筆入り中華フルコース・サラダ油添え』などという、常軌を逸した苦行についても、決して私へのいじめや嫌がらせなどではなく、とがりさんとサラ子さんを助けるために、必要な工程なのですよね？」

「………」

「……ふふっ、しかし驚きましたよ。天ぷらを作っている最中、急に頭痛がしてきて、意識が遠のいたと思ったら……起きたときにはもう、二回目の〈嘘(うそ)殺し〉が終わっていただなんてね」

　ぱくっ、と半ば自棄(やけ)のように、麻婆豆腐を口の中へと突っ込むでたらめちゃん。

「……ふふっ、ふふふふふっ！　私今回、なんとずっと寝てただけ……！　敗(やぶ)さんにおんぶされてただけ！　役立たず！　でたらめちゃん、役立たず……！」

ぽろぽろぽろ、とでたらめちゃんのまぶたから、涙がこぼれる。

それは果たして、自分の不甲斐(ふがい)なさに対する涙か。あるいは麻婆(マーボー)豆腐を食べるのが嫌すぎるだけか……恐らく両方なのだろうと、傍(はた)から見ている海鳥(うみどり)は当たりをつける。

「……でたらめちゃん。その、そんな風に自分を責めなくても」

「……お、お気遣いなく。いかに役立たずのでたらめちゃんといえども、ごはんを食べるくらいなら、流石(さすが)にできますので……むしろこんな役立たずに、最後の最後に活躍の機会を与えていただいて、嬉(うれ)しいくらいですので……！」

「…………」あまりにも不憫(ふびん)なでたらめちゃんに、もはや今夜は下手に慰めの言葉はかけまい、と誓った海鳥だった。

結局、でたらめちゃんが１００本の鉛筆とサラダ油を食べつくすまでには、２時間ほどを費やした。

◇◇◇◇

そして、更にそれからしばらくして。

もう夜も明け切ろうかという時間帯——海鳥の部屋の洗面所前にて、土筆ヶ丘(つくしがおか)とがりは一人、鏡に映った自分の姿を眺めていた。

「……うわあ。凄い。本当に生身なんだ、私」

などと呟きつつ、ぺたぺた、と自分の身体を触ってみせるとがり。

「なんだか、普通の人間の女の子みたい……正確には、でたらめちゃんさんの身体の一部になっただけだから、『普通』ではないんだけど」

と、興奮したような面持ちで、とがりは鏡の中の自分を見つめ続けていたが……不意にその表情が、なにやら不安そうな色に変わって、

「……でも、本当に良かったのかな？　私みたいなものが、生身の女の子になっちゃって。この結末は、お話の終わり方として、本当に正しかったのかな？　なんて、こんな台詞を聞かれたら、また東月ちゃんに怒られちゃいそうだけど……」

……。……。

「――あっ、とがりちゃん！」

と、そんなときだった。「こんなところにいたんだ！　探したよ！」

「……？　東月ちゃん？」

突然に洗面所に姿を現した海鳥を、とがりは怪訝そうに見つめ返す。「え？　なんですか？　まだ寝てなかったんですか？　もう明け方ですよ？」

「いや、それはこっちの台詞でもあるんだけど。そんなことよりとがりちゃん、今ちょっとだけ時間ある？」

「………？」

「まあ、あるに決まってるよね――それじゃあ、すぐに終わらせるから、そのまま鏡の前に立っていてくれる?」

　などと一方的に言いながら、海鳥はポケットの中から、彼女のスマートフォンを取り出す……そして撮影ボタンを押し、そのカメラのレンズを、洗面所の鏡へと向けていた。

「……えっ?　ちょっと東月ちゃん、なにしてるんですか、それ?」

「見て分からない?　ビデオレターだよ。旭川の奈良に送ってあげようと思って」

「……?　芳乃ちゃんに?」

「――そういうわけで、奈良、見てる～?」

　と、海鳥はなにやらテンション高く呼びかけながら、鏡に向かって手を振ってみせるのだった。「どう?　家族との旭川旅行、ちゃんと楽しめてる～?　ところでさ～。今日は奈良に、ちょっと紹介したい女の子がいるんだけど」

　――そこで海鳥は、傍らのとがりの身体を、ぐいっ、と引き寄せるようにして、

「この子ね、例の鉛筆の擬人化なんだよ～」

「――っ!?」

　発せられた言葉に、愕然とした様子で、横合いの海鳥の方を見つめ返すとがり。「……ちょ、ちょっと!　急になに言い出すんですか、東月ちゃん?」

「……?　だって本当のことでしょ?」

　海鳥はそんなとがりのことを、不思議そうな顔で見つめ返しつつ、「あれ?　もしかし

て奈良（なら）には秘密にしてほしかったとか？」

「……いや、別にそういうわけじゃありませんけど」

「じゃあ、いいじゃない。どうせ遅かれ早かれ、奈良にも伝わることなんだしさ。ほら、とがりちゃんも鏡の方に、手を振ってあげて！」

「…………？」

　と、そんな風に促されても、とがりは混乱した様子で固まるばかりだった。「……あの、本当に待ってください東月（とうげつ）ちゃん。これ、なんの意味があるんですか？」

「……？　意味って？」

「こんなビデオレター、別に今送らなくてもいいじゃないですか……」

　鏡越しに海鳥（うみどり）を見つめつつ、とがりは問いかける。

「だって、送りつけられる芳乃（よしの）ちゃんの身にもなってみてくださいよ。旅行先のベッドで朝起きて、こんな動画見せられても、訳わかりませんよ。芳乃ちゃんを無駄に混乱させてしまうだけです、絶対」

「……。あー、まあ、それは確かにそうかもね」

「でしょう？　どう考えても、対面で伝えた方が良いですって……大体、私の存在を芳乃ちゃんに伝えるのなんて、別にいつだって構わないじゃないですか。こんな風に急いで報告する必要なんて、どこにも――」

「……ううん。それは違うよとがりちゃん」

「……え？」

「伝わるかどうか以前に、奈良へのビデオレターだけは、絶対に『今』送らないと」

少しだけ真剣な顔になって、海鳥は告げてくる。

「明日やるんじゃ、もう意味がないの。今日あの子に伝えたって事実を残さないといけないの。たとえあなたが嫌だと言おうと、これだけは譲れないよ、私」

「………??」

「ええと、そういうわけでね、奈良……」

海鳥は言いながら、またも鏡の方に視線を移して、

「とがりちゃんもこう言っていることだし、今回の事件の詳しい説明については、また後日に回させてもらうとして……とにかく今、この場で、これだけは宣言させてもらうね。

私、この子も一緒に連れていくことにしたから」

「………え？」

「私はもう、誰が何と言おうと、この子を絶対に手放さないから」

鏡の向こうを真っ直ぐに見据えて、海鳥は言う。

「私が将来幸せになるとき、奈良にもこの子にも、私の近くに絶対いてもらうって決めたから……だから奈良も、どうかそのことを受け入れて。私と同じように、とがりちゃんの存在を、認めてあげて」

「………！」

果たして海鳥の腕の中に抱かれるようにして、その言葉を聞かされていたとがりは、衝撃を受けたように固まっていた。「…………と、東月ちゃん」

まさかそんなことを言われるとは、思ってもみなかったのだろう。

……ややあって彼女もまた、真剣な顔つきになって、口を開いて、

「……。ごめんなさい、東月ちゃん。そのビデオレター、最初から録り直してもらってもいいですか？」

「……え？」

「私もちゃんと自分の口で、芳乃ちゃんにご挨拶をしたいです……これから東月ちゃんと、ずっと一緒にいさせてもらいますって。

私はもう絶対に、東月ちゃんに手放されませんからって」

こうして、色々なモノが、色々なヒトが、収まるべきところに収まって。

海鳥東月にとっての、第二の〈嘘殺し〉は、終結した。

あとがき

こんなにたくさんサラダ油という単語をパソコンに打ち込んだのは生まれて初めてのことです。皆さんお久しぶりです、両生類かえるです。このたびは本書をお読みくださり、本当にありがとうございました。

ところで、今回は道路交通法が云々、みたいなくだりが文中に出てきましたが、私は車の運転というものが本当に苦手です。苦手というか嫌いです。免許を取ったのはもう何年も前のことになりますが、ここ2~3年ほどはまともに運転をしていませんし、先日久しぶりに運転してみようとしたら、車を自宅の駐車場から出すことが出来ませんでした。

運転の何が嫌いかと言えば、一番は何といっても『ミスが絶対に許されないこと』です。例えば、その対極にあるのが『小説を書くこと』でしょう。小説を書くという行為は、言ってしまえばミスし放題なので、その日間違ったことを書いてしまったとしても次の日直せばいいだけなので（言うまでもなくこれは作業途中においての話であり、完成品にミスを残すことは許されませんが）、気楽なものですが、車の運転はそういうわけにもいきません。一度交通事故を起こしてしまえば、もう取り返しはつきませんよね？　もうその時点で気分が重くなってくるというか、『ちょっと無理』なのです。生理的に受け付けません。

たまに『ドライブが趣味』などと言う人がいますが、私にとっては本当に理解しがたいことです。彼らはどうして交通事故が怖くないのでしょうか？　そもそも、自分の車の運転に集中しつつ周囲の交通状況にもちゃんと気を配らないといけないって、世間の人たちは普通に言っていますが、難しすぎませんか？　思えば教習所に通っていた当時も、どうしても運転に対してポジティブな感情を持つことができず、卒業までに約10か月を要したものでした。今後も出来れば、車の運転からは出来る限り距離を置いて生きていきたいものです。なお、ほぼ運転していないおかげで、作者自身は未だ無事故無違反です。

以下謝辞です。担当編集さま、このたびもこのたびで本当に諸々のご迷惑をおかけしました……。

甘城なつきさま。今回は、一巻を優に上回るようなハードなスケジュールでの作業を強いてしまったにも拘わらず、素晴らしいクオリティのイラストを仕上げてくださり、本当にありがとうございました。今回、新キャラを5人もデザインしていただきましたが、全員素晴らしかったですが、個人的には特に喰堂に大きな魅力を感じました。本来、内容的には流行りの「は」の字もないだろう本作にとって、あなたのイラストこそ頼みの綱、どうかどうか、今後ともよろしくお願いいたします。

また、本書の出版・販売に関わられたすべての方に対して、厚く御礼申し上げます。

以上になります、それでは皆様、また次回お会いしましょう。さようなら！

MF文庫J

海鳥東月の『でたらめ』な事情2

2022年 4月25日　初版発行

著者　両生類かえる

発行者　青柳昌行

発行　株式会社 KADOKAWA
〒102-8177 東京都千代田区富士見2-13-3
0570-002-301（ナビダイヤル）

印刷　株式会社広済堂ネクスト

製本　株式会社広済堂ネクスト

Printed in Japan　ISBN 978-4-04-681364-0 C0193

◇◇◇

【 ファンレター、作品のご感想をお待ちしています 】
〒102-0071 東京都千代田区富士見2-13-12
株式会社KADOKAWA　MF文庫J編集部気付「両生類かえる先生」係　「甘城なつき先生」係